MAGASIN THÉATRAL

PIÈCES NOUVELLES

JOUÉES SUR TOUS LES THÉATRES DE PARIS,

THÉATRE DES VARIÉTÉS

LE CHEVALIER DE PÉZÉNAS

Comédie-Vaudeville en 2 actes, de M. Laurencin

A 50 cent.

PARIS.

LIBRAIRIE THÉATRALE,

Boulevard Saint-Martin, 12

ANCIENNE MAISON MARCHANT.

1854

MAGASIN THEATRAL

Pièces à 50 Centimes.

L'ALCHIMISTE, drame 5 actes, par Alex. Dumas.
ANGO, drame en 5 actes, F. Pyat.
L'APPRENTI, ou l'Art de faire une Maîtresse, vaudeville en 1 acte.
ATAR-GULL, drame en 5 actes.
LES AVOUÉS EN VACANCES, com.-vaud. en 2 a.
L'AUBERGE DE LA MADONE, drame en 5 actes.
L'AUMONIER DU RÉGIMENT, vaudeville en 1 acte.
BADIGEON Ier, vaudeville en 2 actes.
LA BERLINE DE L'ÉMIGRÉ, drame en 5 actes.
LES BRIGANDS DE LA LOIRE, drame en 5 actes.
LA BICHE AU BOIS, féerie.
BLANCHE ET BLANCHETTE, dr.-vaud. en 5 actes.
BONAPARTE, drame milit., 5 actes.
BRELAN DE TROUPIERS (le).
LE CABARET DE LUSTUCRU, vaudeville en un acte.
CAMILLE DESMOULINS, drame en 5 actes.
LA CHASSE AU CHASTRE, 3 actes, par A. Dumas.
CHEVAL DE BRONZE, opéra comique de Scribe.
LE CHEVALIER D'HARMENTAL, drame en 5 actes, par Alex. Dumas et Auguste Maquet.
LES CHEVALIERS DU LANSQUENET, dr. 5 actes.
LES CHAUFFEURS, drame en 5 actes.
LE CHATEAU DE VERNEUIL, drame en 5 actes.
LE CHATEAU DE SAINT-GERMAIN, drame 5 actes.
LE CHEF-D'ŒUVRE INCONNU, drame en un acte.
LES CHERCHEURS D'OR, drame en 5 actes.
LES CHIENS DU MONT SAINT-BERNARD.
CRAVATE ET JABOT, com.-vaud. en 1 acte.
CROMWELL ET CHARLES Ier, drame en 5 actes.
CALIGULA, tragédie en 5 actes, par Alex. Dumas.
CALOMNIE (la), com. en 5 actes, par Scribe.
CHAMBRE ARDENTE (la), 5 a., Bayard, Mélesville.
CHRISTINE A FONTAINEBLEAU, drame, par Frédéric Soulié.
LE CANAL SAINT-MARTIN, drame en 5 actes.
CHEVAUX DU CARROUSEL, drame en 5 actes.
CHEVALIER DE St-GEORGES (le), c.-v., 3 actes.
CHEVALIER DU GUET (le), comédie en 3 actes.
CHRISTOPHE LE SUÉDOIS, drame en 5 actes.
LE COMMIS ET LA GRISETTE, vaudeville 1 acte.
LES COMPAGNONS ou la Mansarde de la Cité, drame en 5 actes.
LE CONNÉTABLE DE BOURBON, drame en 5 actes.
LE COMTE HERMANN, dr. 5 actes, Alex. Dumas.
LE CACHEMIRE VERT, 1 acte, Alex. Dumas.
LES DEUX AMOUREUX DE LA GRAND'MÈRE, 1 acte.
UNE DISCRÉTION, comédie en 1 acte en prose.
DEUX ANGES OU MÈRE ET FILLE, c.-v. en 3 a.
DEUX SERRURIERS (les), dr. 5 actes, F. Pyat.
LES DEMOISELLES DE SAINT-CYR, drame en 5 actes, par Alex. Dumas.
LES DEUX DIVORCES, vaudeville en un acte.
LA DEMOISELLE MAJEURE, vaudeville en 1 acte.
LA DOT DE SUZETTE, drame en 5 actes.
LE DOIGT DE DIEU, drame en un acte.
DON JUAN DE MARANA, par Alexandre Dumas.
DIANE DE CHIVRY, drame, par Frédéric Soulié.

LA DUCHESSE DE LA VAUBALIÈRE, drame 5 actes.
L'ÉLÈVE DE SAINT-CYR, dr. 5 actes.
EN PÉNITENCE.
L'ÉCLAT DE RIRE, drame en 3 actes.
LES ENFANTS D'ÉDOUARD, par Casimir Delavigne.
LES ENFANTS DE TROUPE, vaudeville en 2 actes.
LES ENFANTS DU DÉLIRE, vaudev. en 1 acte.
ESTELLE, comédie, par Scribe.
ÊTRE AIMÉ OU MOURIR, idem.
EULALIE GRANGER, drame en 5 actes.
EN SIBÉRIE, drame en 3 actes.
ENTRE L'ENCLUME ET LE MARTEAU, v. 1 acte.
LES ÉTOILES, vaudeville en 5 actes.
LA FAMILLE MORONVAL, drame en 5 actes.
LA FAMILLE DU FUMISTE, vaudeville en 2 actes.
LA FILLE DE L'AVARE, comédie-vaud. 2 actes.
LA FILLE DE L'AIR, féerie en 3 actes 11 tableaux.
LES FILETS DE SAINT-CLOUD, drame en 5 actes.
FRANÇOIS JAFFIER, drame en 5 actes.
FRÉTILLON, comédie vaudeville en 3 actes.
LA FIOLE DE CAGLIOSTRO, vaudeville en 1 acte.
FORTE-SPADA, drame en 5 actes.
LA FAMILLE DU MARI, comédie en 3 actes.
FABIO LE NOVICE, drame en 5 actes.
LE FILS DE LA FOLLE, drame en 5 actes, par Frédéric Soulié.
LA FILLE DU RÉGENT, com. 5 actes, A. Dumas.
LES FRÈRES CORSES, drame en 3 actes.
LA FACTION DE M. LE CURÉ, vaudev. en 1 acte.
GRANDE HISTOIRE, en 5 actes.
LA GUERRE DES FEMMES, dr. 5 actes, idem.
GASPARD HAUSER, drame en 5 actes.
LE GARS, drame en 5 actes.
LA GAZETTE DES TRIBUNAUX, vaudeville 1 acte.
GENEVIÈVE DE BRABANT, mélodrame en 4 actes.
LES GARÇONS DE RECETTE, drame en 5 actes.
LA GRAND'-MÈRE ou 3 amours, 3 actes, Scribe.
HALIFAX, comédie en 3 actes, par Alex. Dumas.
L'HONNEUR DANS LE CRIME, drame en 5 actes.
L'HONNEUR DE MA MÈRE, drame en 3 actes.
INDIANA et CHARLEMAGNE, vaudeville en 1 acte.
INDIANA, drame en 5 actes.
LES IMPRESSIONS DE VOYAGE, vaudeville 2 actes.
JAPHET à la recherche d'un père, Scribe.
JACQUES LE CORSAIRE, drame en 5 actes.
JACQUES CŒUR, idem.
JEANNE DE FLANDRE, drame en 5 actes.
JEANNE DE NAPLES, idem.
JEANNE HACHETTE, drame en 5 actes.
JE SERAI COMÉDIEN, comédie en 1 acte.
LESTOCQ, opéra comique en 3 actes, par Scribe.
LA LECTRICE, comédie-vaudeville en 2 actes.
LÉON, drame en 5 actes.
LUCIO, drame en 5 actes.
LOUISETTE ou la chanteuse des rues, c.-v., 2 a.
LOUISE BERNARD, drame 5 actes, Alex. Dumas.
LE LAIRD DE DUMBIKI, par Alex. Dumas.
LORENZINO, drame, par Alex. Dumas.

LE
CHEVALIER DE PÉZÉNAS,

COMÉDIE-VAUDEVILLE EN DEUX ACTES,
PAR M. LAURENCIN,

REPRÉSENTÉE POUR LA PREMIÈRE FOIS, A PARIS, SUR LE THÉÂTRE DES VARIÉTÉS, LE 21 JANVIER 1851.

PERSONNAGES.	ACTEURS.
ANDRÉE, marquise de Savillac.	Mlle DELORME.
RAOUL DE SAVILLAC, capitaine de chevau-légers.	Mr DANTERNY.
BARON DE PONGIBAUD.	Mr LECLERC.
LE DUC DE CHANCORNAC, colonel.	Mr MUTEL.
OLIVIER.	Mr RÉAL.
PICARD, domestique de Raoul.	—
LA DUCHESSE.	Mlle COBLENTZ.

L'action se passe à Paris en 1750.

ACTE PREMIER.

Le théâtre représente une place de la foire St-Germain. — A droite, 1er plan, un bosquet avec banc; au 2e plan en face, l'entrée du cabaret du Broc fleuri. — Arbres et bancs çà et là sur la place. — Fond de maisons et jardins.

SCÈNE PREMIÈRE.

RAOUL, OLIVIER, AUTRES OFFICIERS, *puis* DE PONGIBAUD.

ENSEMBLE.

Air du roi d'Yvetot, les Bédouins.

A nos amis, à tous nos amours,
A la gloire!
Chevau-légers, sachons toujours
Trinquer et boire;
Le plaisir (*bis*)
Ici vient nous réunir.

DE PONGIBAUD *qui entre en regardant à la cantonade.* On m'a pourtant dit... est-ce à gauche donc... ou à droite?

RAOUL, *riant et le montrant.* Ha! ha! ha!... la bonne figure! la bizarre tournure! (*Rires.*)

DE PONGIBAUD. Qu'ont-ils donc?... Est-ce que ma perruque ou mon habit?... (*Il tourne sur lui-même et s'examine.*)

RAOUL. Monsieur cherche quelque chose?..

* Olivier, Pongibaud, Raoul.

Le théâtre de la foire Saint-Germain peut-être (*indiquant à gauche*), à deux pas.

DE PONGIBAUD, *se recriant.* Le théâtre, moi! bone Deus!

OLIVIER. Le cabaret du *Broc-fleuri*, alors? (*Il le montre*). Nous devons y dîner mes amis et moi... si monsieur... monsieur?

DE PONGIBAUD *se redressant.* De Pongibaud.

RAOUL. De Pongibaud..... un homme de qualité, messieurs! (*Ils se découvrent tous*).

DE PONGIBAUD. Ursule Nicéphore de Pongibaud, ex-vidame de l'abbaye de Bourboussac, en Périgord.

RAOUL. Un ex-vidame, messieurs. (*Tous saluant.*) Monsieur!

DE PONGIBAUD, (*leur rendant leur salut d'un air digne.*) Messieurs!

RAOUL. Si monsieur de Pongibaud voulait nous faire l'honneur d'accepter. (*Bas à ses amis.*) Un vidame à griser, ce serait amusant!

DE PONGIBAUD. Merci de votre honnêteté, messieurs... je ne puis... J'attends ici.

RAOUL *souriant.* Bah !... sous les bosquets du Broc-fleuri... un rendez-vous ?

DE PONGIBAUD, *vivement.* D'affaires, monsieur ?

RAOUL. D'affaires de cœur! (*Les jeunes gens rient*).

DE PONGIBAUD, *scandalisé.* D'affaires graves... d'affaires sérieuses, messieurs. (*Il va au bosquet.*)

RAOUL, *le suivant.* Mosieur... les affaires de cœur sont aussi choses fort sérieuses .. malheur à qui traiterait légèrement... (*De Pongebaud s'assied en lui tournant le dos avec humeur,*) Je suis votre serviteur. (*Revenant à ses amis.*) Ah! ah! ha! que diable vient-il faire ici?

DE PONGIBAUD. Celui-ci a-t-il l'air effronté, grand Dieu !

OLIVIER. Le colonel ne tardera pas à arriver; viens-tu, Savillac ?

DE PONGIBAUD *se levant.* Hein! de Savillac!... (*Il les observe à travers la charmille*).

OLIVIER. Allons, messieurs, et nous boirons à nos camarades les chevau-légers de 'armée de Flandre.

RAOUL. Et à ma délivrance, car je suis libre, mes amis... Tous mes créanciers sont payés.

OLIVIER. Bah !

RAOUL. Tous... même Armande, ma jalouse Colombine.

DE PONGIBAUD, *à part.* Sa Colombine! il a une Colombine !

OLIVIER, *à qui Raoul parlait.* Bah! tu lui avais promis de l'épouser ?... promesse écrite avec dédit?

RAOUL. De quarante mille livres... que voulez-vous, après souper... le cœur est si facile.

OLIVIER. Et tu as payé?

RAOUL. Moi... oh ! non...

OLIVIER. Qui donc... ton oncle de Savillac... le vieux mestre de camp !

RAOUL. Ça m'étonnerait beaucoup... il est mort depuis un an (*rires*)... et nous étions brouillés. Est-ce qu'il ne voulait pas me faire épouser la fille de son garde-chasse? (*Mouvement des jeunes gens.*) Oui, sous prétexte que cette... une sorte de petite Bradamante à ce qu'il paraît, en sabots et bavolet, s'étant un jour vaillamment et très à propos interposée entre lui et un marcassin fort brutal... J'ai répondu par un refus net de la main de (*faisant une révérence de paysanne*) Mam'zelle Andrée.

TOUS, *riant.* Ah ! ah ! ah! très-bien.

RAOUL. Très-bien, oui, mais cela m'a coûté soixante mille livres de rentes; mon oncle, très-courroucé, l'a épousée lui-même.

OLIVIER. Diable ! la riposte était rude !

RAOUL. N'est-ce pas ?

AIR : *Un homme pour faire un tableau.*
De cette façon là, mon cher,
J'ai la paysanne pour tante.

OLIVIER.
Sans le bien.

RAOUL.
Bah! qui gagne perd!

OLIVIER.
La maxime est peu consolante.

RAOUL.
Mais si la belle a des trésors,
Je ne l'ai point, moi, pour compagne.

OLIVIER.
Elle a le bien, sans toi,

DE PONGIBAUD, *ricanant.*
Dès lors,
Elle peut dire qui perd gagne.

RAOUL Hein! quel est le mauvais plaisant ?...

DE PONGIBAUD, *effrayé.* Pardon, monsieur... Je n'avais pas l'intention... Je ne suis point un spadassin. (*Raoul et ses amis rient.*)

RAOUL. Et maintenant il ne me reste plus qu'une moitié de vieille sénéchale à partager avec je ne sais quel petit chevalier de Pézénas...

DE PONGIBAUD, *à part.* Encore un bon sujet, ce chevalier-là !

OLIVIER. Tu oublies ton ange aux quarante mille livres, qui te rachète de ta Colombine et de tes créanciers.

RAOUL. C'est vrai. Ingrat que je suis ! (*A part.*) Mais qui donc... la duchesse...

OLIVIER, *qui était remonté au fond.* Monsieur le Duc, messieurs !

RAOUL, *vivement.* Le Duc...

OLIVIER. Lui-même... Monsieur de Chancornac, notre colonel. (*Il entre au Broc fleuri par l'autre grille.*)

RAOUL. Hâtons-nous... qu'il ne nous attende pas.

AIR : *colonel d'autrefois.*
Allons, messieurs, suivons à table,
Un chef aussi vaillant qu'aimable,
Oui, c'est au plaisir aujourd'hui
Qu'il nous conduit ici.

(*A Pongibaud.*) Vous ne voulez pas être des nôtres bien décidément, monsieur ?

DE PONGIBAUD, *sèchement.* Très décidément, monsieur.

OLIVIER. Viens donc, Servillac. (*Ils s'éloignent et entrent au Broc fleuri.*)

SCÈNE II.

DE PONGIBAUD, *puis* ANDRÉE.

DE PONGIBAUD. Dieu tout-puissant! quels fous! quelles mœurs! et à quoi me suis-je exposé en suivant la Marquise à Paris? (*Soupirant*.) Ah! c'est qu'elle est si riche...

ANDRÉE, *en dehors, appelant à mi-voix.* Pongibaud!

DE PONGIBAUD, *tressaillant.* C'est elle! (*Se reprenant:*) Si riche de vertus... et puis un caractère si extraordinaire.

ANDRÉE, *entrant.* Monsieur de Pongibaud?

DE PONGIBAUD, *il cherche autour de lui et ne le reconnaît pas, répondant d'une voix flûtée.* Par ici!... Où est-elle donc? (*Il va du côté opposé.*)

ANDRÉE, *riant.* Où va-t-il? (*Elle court à lui et le retient.*) Vous avez donc la berlue?

DE PONGIBAUD, *surpris.* Ah! ah!...

ANDRÉE, *l'imitant.* Ah! ah!... le voilà déjà avec ses abaissements!

DE PONGIBAUD. Vous, madame la Marquise, sous cet habit? Il est vrai que, moi-même, pour vous obéir...

ANDRÉE, *se tournant devant lui.* Le jupon n'est pas trop court, hein?

DE PONGIBAUD. Trop court. (*Soupirant*) Au contraire. (*Il se baisse un peu.*) En simple grisette...

ANDRÉE, *qui arrange son fichu.* Est-ce que mon fichu ne monte pas trop, voyez donc? (*Il hésite.*) Mais approchez donc et regardez... Avez-vous peur?

DE PONGIBAUD, *se récriant.* Ah! ce n'est pas ce sentiment-là...

ANDRÉE. Il s'agit bien de sentiment ici. (*A part.*) Avec lui, surtout.

DE PONGIBAUD. En grisette! quoi, madame...

ANDRÉE. Oh! pas de sermons... ça m'a toujours agacé les nerfs.

DE PONGIBAUD. Cependant... ceux d'un ami.

ANDRÉE, *gravement.* Les vôtres... c'est différent, (*à part, riant*) ils m'endorment!

DE PONGIBAUD. Permettez-moi, du moins, de vous demander pourquoi...

ANDRÉE *se posant.* Pongibaud! (*Il la regarde*) ressembleriez-vous aux lièvres?

DE PONGIBAUD. Aux lièvres! (*Il porte la main à ses oreilles.*)

ANDRÉE. Oh! pas par les oreilles, (*le regardant*) quoique... eh! eh!... (*Mouvement de Pongibaud*) mais par la mémoire que vous me semblez perdre en courant les grandes routes.

Pongibaud, Andrée.

DE PONGIBAUD. Madame...

ANDRÉE. Et le serment solennel, que vous m'avez fait de ne jamais m'interroger, de m'obéir en tout, aveuglément?... n'est-ce pas à cette condition que je vous ai permis de m'accompagner?...

DE PONGIBAUD. Pour protéger votre vertu.

ANDRÉE. Allons donc, ma vertu n'a besoin de personne pour la protéger.

DE PONGIBAUD. Cependant il est reconnu que la présence d'un cavalier...

ANDRÉE. D'un cavalier, je ne dis pas... mais, (*Elle le regarde en souriant — De Pongibaud se redresse et se pose.*) Enfin... vous savez que j'ai beau être marquise de Savillac, veuve d'un Mestre de camp, je n'en suis pas moins, malgré mon rang et l'éducation que mon mari m'a fait donner, je n'en suis pas moins restée toujours la fille d'André le garde-chasse, indépendante, libre...

DE PONGIBAUD. Et riche...

ANDRÉE. Oui (*à part*) tu n'oublies pas ça, maître Harpagon (*haut*); et n'obéissant qu'à ma fantaisie! Or, qui ne m'aime pas ainsi, n'a qu'à ne pas me suivre.

DE PONGIBAUD, *d'un ton passionné.* Oh! je vous suivrai toujours!

ANDRÉE. Eh bien! (*l'imitant*) suivez-moi toujours! (*brusquement*) mais ne m'interrogez jamais!... vous avez cherché le cabaret du *Broc fleuri*?

DE PONGIBAUD. Le voici.

ANDRÉE. Vous y aviez vu venir le vicomte de Savillac?

DE PONGIBAUD. Ah! vous savez...

ANDRÉE. J'avais intérêt à le savoir... et avec de l'argent...

DE PONGIBAUD. Vous aviez intérêt... (*frappé*) Ah!... seriez-vous donc venue à Paris pour ce mauvais sujet de vicomte... un étourdi, un prodigue...

ANDRÉE. Hein? encore des questions.

DE PONGIBAUD. Mais, madame, tout-à-l'heure, ici même, moi qu'il voyait pour la première fois, est-ce qu'il ne m'invitait pas à dîner?

ANDRÉE, *vivement.* Vous n'avez pas accepté?

DE PONGIBAUD. Ah! madame, avec ces jeunes fous!

ANDRÉE, *à elle-même.* Et moi qui cherchais un moyen (*rires très-bruyants et prolongés dans le cabaret*).

DE PONGIBAUD, *écoutant.* Tenez!... tenez!... quel vacarme! dans leur Pandæmonium.

Andrée, Pongibaud.

ANDRÉE. Pongibaud !
DE PONGIBAUD. Madame.
ANDRÉE. Entrez-là !
DE PONGIBAUD. Moi !
ANDRÉE. Vous !... le vicomte renouvelle a son invitation , vous accépterez... (*mouvement de Pongibaud*) Écoutez donc... puis vous lui ferez savoir adroitement... qu'une grisette, a été aperçue par vous de ce côté, et qu'elle s'est informée de lui...
DE PONGIBAUD. Voudriez vous donc ?
ANDRÉE. Vous saurez plus tard... mais rappelez-vous que ce que femme veut...
DE PONGIBAUD. Assurément... vous surtout... mais... (*Nouveaux éclats de rires dans le cabaret*) Grand Dieu ! les entendez-vous ?
ANDRÉE. Parfaitement... allez donc !
DE PONGIBAUD, *hésitant*. Une orgie de Balthasar... une saturnale !...
ANDRÉE. Pongibaud ! si vous n'y allez pas... j'y vais moi-même !
DE PONGIBAUD. O ciel ! plutôt me perdre... mais je vous rends responsable...
ANDRÉE, *criant*. Je prends tout sur moi.

ENSEMBLE.
Air : *A la plus laide.*
DE PONGIBAUD.
C'est bien j'y vais, mais par obéissance
Je sais d'avance
Que je cours au danger !
O Providence :
A moi daigne songer,
Et viens ici me protéger.
(*Il sort et salue le duc qu'il rencontre*).
ANDRÉE.
Vous me devez complette obéissance,
La résistance
Deviendrait un danger.
La Providence
Saura vous protéger,
Mais songez à vous ménager.

SCENE III.

ANDRÉE, LE DUC.

LE DUC. * Toutes ces jeunes têtes commencent à s'échauffer, et ma foi... la mienne... n'est plus habituée... et puis un colonel... le décorum.... (*Voyant Andrée.*) Eh ! mais... que vois-je donc là ?
ANDRÉE, *qui s'est assise et qui refléchit*. Oui... c'est cela... et alors seulement il apprendra que cette paysanne qu'il dédaigna, cette Andrée....
LE DUC, *qui s'est rapproché*. Andrée !
ANDRÉE, *surprise et se levant*. Ah !
LE DUC. Nom charmant... est-ce le vôtre ?

* Le Duc, Andrée.

(*On entend des éclats de rire et des applaudissements dans le cabaret.*)
ANDRÉE, *à elle-même*. Ah ! Pongibaud fait son entrée. (*Riant.*) La drôle de figure qu'il doit avoir en ce moment !
LE DUC, *qui la suit*. Vous dites, ma belle enfant ?
ANDRÉE. Vous êtes bien curieux. (*Elle lui tourne le dos.*)
LE DUC, *passant de l'autre côté*. Puis-je savoir, au moins, ce que vous faites ici, seule ?
ANDRÉE, *séchement*. J'use de mon droit. (*A part.*) Ah ça, va-t-il m'ennuyer longtemps ?
LE DUC. De quel droit ?
ANDRÉE. De me promener sur le pavé du roi. (*Saluant.*) Votre servante ! (*Elle passe de l'autre côté.*)
LE DUC. Ah ! ah ! ah ! elle est originale. (*Allant à elle.*) Je gage que vous attendez quelqu'un ?
ANDRÉE. Vous pourriez bien gagner...
LE DUC. Votre cœur ?
ANDRÉE, *le regardant*. Vous ?... (*Elle rit.*) Ah ! ah ! ah !
LE DUC. Vous riez... pourquoi ?...
ANDRÉE. Vous êtes bien curieux. (*Elle lui tourne le dos.*)
LE DUC, *riant*. Ha ! ha ! ha ! (*L'imitant.*) Vous êtes bien curieux !... Eh bien ! oui.. je le suis..
ANDRÉE, *à part*. Et le vicomte qui va venir... Quel contre-temps ! (*Elle regarde.*)
LE DUC. Non, non, personne... Mais quel est donc le maître sot... Prouvez-lui, ma belle, que les absents ont tort.
ANDRÉE, *le regardant*. Pas toujours. Tenez, n'en dites pas de mal.
LE DUC. J'aimerais mieux les faire oublier. (*Il veut lui prendre la taille.*)
ANDRÉE, *reculant fièrement*. Alors... commencez par ne pas vous oublier vous-même.
LE DUC. Malepeste ! de l'esprit... de la fierté, du piquant, tout cela chez une grisette... Palsambleu ! C'est une vraie bonne fortune. (*A Andrée.*) Ecoute.
ANDRÉE. Monsieur !...

ENSEMBLE.
Air : *Parle-moi je t'en prie.*
LE DUC.
Sans crainte, ma charmante,
Allons, écoute-moi,
Ta grâce si piquante
Me rendra fou, je crois,
ANDRÉE.
Oh ! qu'il m'impatiente !

Oui, bientôt sur ma foi,
Je vais, s'il me tourmente,
Le souffleter, je crois.

LE DUC.

Pourquoi réponds, ma chère,
Ne m'aimerais-tu pas?

ANDRÉE, *parlé.* Vous êtes bien curieux.
(*Chantant.*)

Vous vintes, pour me plaire,
Bien trop tôt, ici bas.

REPRISE DE L'ENSEMBLE.

LE DUC, *p rlé.* Méchante!

SCÈNE IV.

LES MÊMES, DE PONGIBAUD.

DE PONGIBAUD, * *se plaçant entre eux.* Un
moment, monsieur... un moment!

LE DUC. Qu'est-ce?

DE PONGIBAUD. Cette jeune fille n'est pas
ce que vous pensez...

ANDRÉE, *bas.* Chut!

DE PONGIBAUD. Oui!

LE DUC, *souriant.* Ah!

DE PONGIBAUD. Non!.. c'est... (*Andrée le
tire par son habit.*) Oui... (*au duc*) Non,
monsieur. (*A Andrée.*) Ne craignez rien,
monsieur le duc vous respectera. (*Mouvement
du Duc.*) Oh! je vous connais. (*A Andrée.*)
Ou j'écris à sa femme.

LE DUC, *effrayé, à part.* A ma femme!

ANDRÉE, *à Pongibaud.* Et le vicomte!

DE PONGIBAUD. Il ne tardera guère. (*Ils
se parlent bas.*)

LE DUC, *à part.* Diable!... Si la duchesse
apprena't... moi qui ce matin, dans un
accès d'humeur jalouse, ai mis en pièces un
costume de grisette qu'elle préparait, disait-
elle, pour le bal de la baronne...

ANDRÉE, *à de Pongibaud.* Duc de Chancornac, bien?

LE DUC, *la regardant.* C'est pourtant
dommage.

ANDRÉE, *à Pong'baud, comme si elle lui
résistait.* Si! si! j'irai moi-même. J'irai me
plaindre (*élevant la voix très-fort*) à madame
la duchesse.

LE DUC. Plus bas donc! (*A part.*) Si quelqu'un passait... (*Il regarde autour de lui.*)

ANDRÉE, *à Pongibaud.* J'irai tout dire à
madame la duchesse de Chan... (*A Pongibaud.*) Comment?

DE PONGIBAUD, *au Duc, très-fort.* Cornac!

LE DUC, *le repoussant.* Au diable!...
(*Il s'éloigne.*)

ANDRÉE, *plus fort.* De Chancornac!
(*Le Duc précipite le pas et disparaît.*)

* Le Duc, Pongibaud, Andrée.

SCÈNE V.

ANDRÉE, PONGIBAUD.

ANDRÉE, *riant.* Ah! ah! ah!.. victoire...
(*Voyant Pongibaud, écouter.*) Qu'est-ce
que c'est?

DE PONGIBAUD, *qui écoutait.* Le vicomte,
je crois... non... Ah! madame, plus je le
vois, plus je l'entends et moins je puis comprendre que nous soyons venus à Paris pour
cet écervelé.

ANDRÉE. Il est le vicomte de Savillac,
neveu de feu mon mari... Pouvais-je le
laisser jeter en prison par ses créanciers?

DE PONGIBAUD. Tant de générosité pour
un homme...

ANDRÉE. Qui me déteste sans me con-
naître. Oh! je le sais... il l'a dit. (*Avec expression.*) Mais dans une circonstance que
je ne dois pas oublier. (*Mettant la main
sur son cœur, à part.*) Que je n'oublierai
jamais... car ce qu'il a fait rachète bien des
torts.

DE PONGIBAUD. Et puis ses dettes actuelles
payées, il en fera d'autres... il vous gru-
géra... il vous ruinera (*larmoyant*) il ne
vous laissera pas ça!

ANDRÉE. Cet excellent Pongibaud... quel
touchant intérêt!

DE PONGIBAUD.

AIR : *Vaudeville du premier prix.*

Oui, sur vous je gémis, madame,
Ce prodigue, sachez le bien,
Pourrait avant peu sur mon âme,
Avoir dissipé votre bien.
De cette fortune si belle,
Que nous le verrons dévorer,
Hélas! il ne restera d'elle,
Rien...

(*Il s'arrête suffoqué et tire son mouchoir.*)

ANDRÉE, *gaiement.*

Que vos yeux pour la pleurer,
Rien que vos yeux pour la pleurer.

Rassurez-vous... cela pourrait arriver si je
partais; mais je reste. Oui il le faut.

DE PONGIBAUD. Ah! oui... et pour arrêter ses folles dissipations... ne fût-ce que
par charité chrétienne.

ANDRÉE. Et pour l'ar a h r au nouveau péril qui le menace.

DE PONGIBAUD. Un péril!

ANDRÉE, *avec mystère.* Oui, ce matin,
chez le garde-note, une jeune femme... une
actrice qui y avait été appelée, par mon ordre, pour y recevoir quarante mille livres...

DE PONGIBAUD. Quoi! c'était vous!... quarante mille livres!

ANDRÉE. Paix donc!... du salon où je

Andrée, Le Duc, Pongibaud.

m'é ais retirée, je l'ai entendue s'écrier : c'est une rivale, on l'a vue avec lui, une grisette, ou plutôt quelque grande dame, une femme mariée... qui se cache... qui se déguise... mais je saurai qui !... et si c'est celle que je soupçonne, la Bastille me vengera.

DE PONGIBAUD. Oh ! c'est sérieux... et vous espérez empêcher... (*La nuit commence à se faire.*)

ANDRÉE. Peut-être... mais il faut que je sache au juste... quelle est cette femme qu'il aime... son nom... son rang... et pour cela, je ne saurais mieux m'adresser qu'à lui... Maintenant, retournez avec eux.

DE PONGIBAUD. Encore !

ANDRÉE. Sans doute... pour retenir ses amis à table; ils pourraient venir nous déranger.

DE PONGIBAUD. Mais voici la nuit... et un tête-à-tête avec le vicomte... n'est-il pas à craindre...

ANDRÉE. Vous savez bien que je ne crains rien !

DE PONGIBAUD. Vous, peut-être... mais moi, votre futur ép.... (*Mouvement d'Andrée*) ne m'avez-vous pas permis d'espérer...

ANDRÉE. Certainement... espérez... espérez, mon bon...

DE PONGIBAUD.
Air : *Souvenez vous en.*
Oui, vous serez mon époux.
Certain jour, me dites-vous.

ANDRÉE.
Si l'on est obéissant
Souvenez-vous en !

DE PONGIBAUT.
Sur ce doux serment

ANDRÉE.
Vous pouvez compter...

DE PONGIBAUT.
Toujours ?

ANDRÉE, *à part, riant.*
Jusqu'à la fin de tes jours !

DE PONGIBAUD. Et si ce petit effronté de chevalier de Pézenas revient encore au château de Savillac, vous ne l'écouterez pas.

ANDRÉE. Un écolier... fi donc !...

DE PONGIBAUD, *transporté.* Oh ! oh ! madame... le bonheur... la joie...

ANDRÉE. Partez maintenant.

DE PONGIBAUD. Oui... oui... je vais... d'ailleurs, je reviendrai et si le vicomte osait.....

ANDRÉE. S'il osait être aussi ennuyeux que vous... je l'abandonnerais à ces créanciers.

DE PONGIBAUD, *s'en allant.* C'est ce que

vous pourriez encore faire de mieux. (*Bruit et rires dans le cabaret.*) (*Revenant.*) Ah !

ANDRÉE. Eh bien ?

DE PONGIBAUD. C'est que tous ces jeunes gens... j'ai beau m'en défendre... ils sont si gais... si engageants... je ne peux pas toujours refuser...

ANDRÉE. Eh bien... acceptez.

DE PONGIBAUD. Mais ils me font boire.

ANDRÉE. Buvez !

DE PONGIBAUD. Mais c'est du Jurançon.

ANDRÉE. Que vous n'aimez pas ?...

DE PONGIBAUD. Au contraire, je l'aime beaucoup; mais...

ANDRÉE. Il est mauvais ?..

DE PONGIBAUD. Au contraire... il est excellent...

ANDRÉE. Je vous plains... Après ça, vous ne le payez pas.

DE PONGIBAUD. C'est une raison... mais je sentais déjà la mienne qui...

ANDRÉE. Et puis vous savez... la charité...

DE PONGIBAUD. C'est juste... Autre raison. Allons, je vais me risquer encore.

SCÈNE VI

LES MÊMES. RAOUL.

RAOUL, *à la cantonade.* Oui, attendez-moi, je viens à l'instant.

DE PONGIBAUD. C'est lui !

RAOUL. Malepeste ! on y voit à peine. (*Il avance avec précaution.*)

Air : *de M. Oscar Commettant.*
Laure, Laure ! où donc est elle ?

DE PONGIBAUD, *bas à Andrée.*
C'est Laure qu'elle s'appelle.

RAOUL.
Par là, je crois ?

ANDRÉE.
Est-ce vous ?

RAOUL.
Oui, je me suis fait attendre,
Mais l'on pouvait nous surprendre,
Venez, aux regards jaloux
Tous deux là dérobons-nous,
Ah ! pour mon cœur que ce moment est doux.

(*De Pongibaud disparaît.*)

SCÈNE VII.

ANDRÉE, RAOUL, *assis dans le bosquet.*

RAOUL. Combien je suis heureux... et que vous êtes bonne d'être venue !

ANDRÉE, *à part.* Vous ! Ce n'est pas une grisette.

RAOUL. Les moments où je vous vois sont

* Andrée, Pongibaud, Raoul.

i rares ; et peut-être vont ils le devenir da-
svantage encore.

ANDRÉE. Comment cela ?

RAOUL, Oui, la vieille sénéchale de Beau-
castel, la seule de qui j'espère maintenant
une fortune à venir, m'a écrit hier pour me
recommander un jeune cousin qu'elle voulait m'adresser.

ANDRÉE , *vivement*. Qui donc ?

RAOUL. Le chevalier de Pézénas.

ANDRÉE , *à part*. Ce petit fou d'Ajax.

RAOUL. Mais j'ai refusé... car le chevalier
serait pour moi, pour nous, une gêne... un
obstacle de tous les moments.

ANDRÉE , *à part*. C'est bon à savoir.

RAOUL. Mais vous voici... et je puis enfin
vous remercier.

ANDRÉE, *se levant*. Oh !... prenez garde...
je crains toujours.... Votre comédienne ,
Mlle Amand, a juré ma perte (*mouvement de
Raoul*); je le sais... et si l'on se doutait...

RAOUL. Rassurez-vous... Quelque soup-
çonneux et jaloux que soit votre mari...

ANDRÉE , *à part*. Mariée !

RAOUL. En redoublant de prudence.

ANDRÉE. Oh ! oui, n'est-ce pas ?... S'il dé-
couvrait notre secret, peut-être aurait-il assez
de crédit...

RAOUL. Mais, grâce à Dieu ! M. le duc
ignore tout.

ANDRÉE. Une duchesse !... Ah ! le malheureux ! La comédienne avait raison.

RAOUL. Laure... qu'avez-vous donc ?... ce
trouble... vo re main tremblante...

ANDRÉE. Tenez, Raoul... vous avez beau
dire... tout cela m'effraye ; le duc est si jaloux, clairvoyant.

RAOUL, *riant*. Jaloux, oui... mais voilà
tout...

ANDRÉE. N'importe. Au premier soupçon,
nous serions perdus tous deux .. Croyez-moi,
il faut cesser de vous voir.

RAOUL. Renoncer à vous !... Jamais !

ANDRÉE, *à part*. Hum ! y tient-il donc à
sa duchesse ?

RAOUL, *à part*. Que diable a-t-elle donc,
ce soir !... Ah ! ma foi, chère duchesse !
puisque je vous ti ns là... (*Il lui prend la
main.*)

ANDRÉE *. Laissez ; il faut nous séparer.

RAOUL. Quoi !... déjà !... De grâce !...
(*Un domestique traverse la scène et entre
au Broc fleuri.*)

SCÈNE VIII.

LES MÊMES, *puis* DE PONGIBAUD *et le*
DOMESTIQUE.

RAOUL.

Pour prix de ma tendresse

Je veux de toi
Une seule caresse

ANDRÉE.

Non (*à part*) malgré moi.
Sa voix trouble mon âme

DE PONGIBAUD, *amenant le laquais du cabaret*. **
Viens mon ami.

RAOUL.

Ah ! réponds à ma flamme.

DE PONGIBAUD.

Il est ici.

(*Il se heurte aux pieds de Raoul qui s'agenouillait et
s'appuie sur ses épaules pour se retenir. Raoul
tombe sur les deux genoux.— Pendant ce jeu de
scène un garçon de cabaret est venu poser deux lanternes de chaque coté de l'entrée*).

DE PONGIBAUD. Ah !

ANDRÉE. De Pongibaud !... Grand Dieu !
m'a-t-il fait peur !

RAOUL, *se relevant furieux et saisissant
de Pongibaud*. Ah! mordieu !... qui donc ?...
(*Il l'entraîne vers la lueur projetée par les
lanternes du cabaret.*) Quelque misérable
espion !

DE PONGIBAUD *. Non... C'est ce garçon
qui vous demande. (*A part.*) Ouf !... c'e
é at... il était temps de les déranger, je crois.

RAOUL, *qui est allé au laquais*. Picard ,
mon domestique !***

PICARD. Chut ! cette lettre d'une dame !

RAOUL. Donne vite. (*Regardant l'a-
dresse.*) De la duchesse !

ANDRÉE, *à Pongibaud*. C'est une duchesse !
(*Le laquais donne la lettre à Raoul et s'é-
loigne.*)

DE PONGIBAUD. Une duchesse !... Je vais
suivre le domestique, et je saurai peut-être...
(*Il suit le laquais et disparaît avec lui.*)

RAOUL , *regardant la lettre et le bosquet***. C'est étrange ! (*A Andrée.*) Comment se fait-il...

ANDRÉE. Comment !... mais... (*A part*)
c'est assez embarrassant à lui expliquer...
(*Haut, riant.*) Ah! ah! ce cher vicomte...
est-il assez intrigué... Eh bien! monsieur...
si vous voulez savoir... lisez... Vous saurez
(*à part*) et moi aussi.

RAOUL. C'est juste ! (*Il va à la porte
éclairée.*)

ANDRÉ, *à part, riant*. Sachons donc ce
que j'ai écrit.

RAOUL. « Cher vicomte » (*s'interrompant*),
c'est bien pour moi (*lisant*), « ne m'en
» veuillez nullement si vous ne me voyez pas
» à l'heure convenue... Surprise par M. le
» duc, qui dans un mouvement de jalousie

* Andrée, Pongibaud; Raoul.

* Andrée, le duc, Raoul, Pongibaud.

» a déchiré mon costume... » (*S'interrompant.*) Tiens! je n'avais pas remarqué. ... (*Lisant.*) « Mais plus tard, au théâtre de la » foire Saint-Germain... trouvez-vous à la » loge grillée n° 17... j'y serai... » (*Regardant la lettre.*) Que veut dire...

ANDRÉE, *à part.* Et le duc qui est par là! Si le vicomte va à ce rendez-vous, il est perdu peut-être. (*Elle quitte le bosquet et gagne le fond.*)

AIR: *Que bientôt le notaire.*

RAOUL.

Peut-on y rien comprendre?
A ce rendez-vous là,
Elle ne peut se rendre,
Et pourtant la voilà!

ANDRÉE.

Un rendez-vous bien tendre
Vous est proposé là,
Mon cher, de vous y rendre
On vous empêchera.
(*André s'éloigne vivement par le bosquet*).

SCÈNE IX.
RAOUL, puis DE PONGIBAUD.

RAOUL, *allant au bosquet.* Décidément je m'y perds... et si vous ne m'expliquez...' (*Cherchant.*) Eh bien!... Laure... où êtes-vous?... (*Il cherche plus loin.*)

DE PONGIBAUD*. Impossible de le rejoindre... Je ne sais pas si c'est le Jurançon... ou si je suis dans un labyrinthe... Mais tous ces chemins tournent... tournent... (*Regardant le bosquet.*) Tiens, le bosquet aussi. (*Il y va.*)

RAOUL, *au fond.*** Personne. (*Frappé.*) Ah! cette lanterne. (*Il va prendre une des lanternes du cabaret.*)

DE PONGIBAUD, *au bosquet.* Où sont-ils donc?... Je ne sais pas si c'est la nuit... ou le Jurançon... (*Frappé.*) Ah! cette lanterne... (*Il va prendre l'autre lanterne.*)

RAOUL, *qui regarde de tous côtés.**** Serait-elle donc partie... et sans m'avoir expliqué ...

DE PONGIBAUD, *même jeu.* Avec cela, du moins... je pourrai... (*Ils se rencontrent au milieu du théâtre.*)

ENSEMBLE. Ah!

RAOUL. Encore lui!

DE PONGIBAUD. Le vicomte! (*A part.*) Mais elle... elle!

RAOUL. Voilà un homme insupportable!

DE PONGIBAUD. Tiens! il tourne aussi. (*Raoul veut passer, mais Pongibaud prend le même côté. Ce jeu de scène se renouvelle plusieurs fois.*)

* Andrée, Raoul.
* Raoul, Pongibaud.

RAOUL, *l'arrêtant.* Ah ça! décidez-vous donc, mordieu... et passez...

DE PONGIBAUD, *criant.* Comment voulez-vous que je passe!... si vous pirouettez toujours... (*L'arrêtant.*) Arrêtez-vous donc!...

RAOUL, *à part.* Il paraît que le Jurançon... (*Il veut passer, et se rencontre deux fois avec Pongibaud; impatienté, il l'écarte brusquement.*) Au diable, le vieil imbécile!

DE PONGIBAUD****. Comment m'a-t-il appelé? (*Haut.*) Monsieur, je vous ai dit que je me nommais de Pon... gib... Ah bon! voilà qu'il recommence à pirouetter avec son fallot... Je ne sais comment il ne s'étourdit pas... Il m'étourdit, moi... (*Il regarde dans le bosquet.*) Personne encore? Ah! quand je devrais parcourir tout le quartier... je la retrouverai. (*Il s'éloigne et disparaît par le bosquet.*)

SCÈNE X.

RAOUL, *seul. Il dépose sa lanterne sur le banc de gazon.* — *On refait le jour jusqu'à la fin de l'acte.*

Partie décidément... Et pourtant, cette lettre?... Aurais-je été dupe de quelque mystification?... Mais, alors qui donc... était là?. (*Frappé.*) Ah! si c'était... Oui... ses questions... Serait-ce Armande... Ah! je vais... (*Il remonte pour remettre sa lanterne, et s'arrête en voyant accourir ses amis.*)

SCÈNE XI.
RAOUL, OLIVIER et LES AUTRES OFFICIERS, *sortant du cabaret.*

TOUS, *bruyamment.* Eh bien! Raoul... Eh bien!

OLIVIER*. Tu nous abandonnes!

ENSEMBLE.

AIR:

Reviens, mon cher, reviens te mettre à table
Est-il sur terre un plaisir aussi doux!
Vive le jeu! vive un vin délectable
Au cabaret, amis, retournons tous.
Laisse donc là tes rendez-vous;
Tous les amours au diable!
A table, vite à table,
Amis, retournons tous!

RAOUL. Plus tard je vous rejoindrai... une affaire importante!...

OLIVIER. Mais tu ne peux pas partir maintenant... le colonel a promis de revenir porter une dernière santé à l'armée de Flandre.

RAOUL. Impossible.

OLIVIER. Eh bien! non, de par tous les diables! tu ne nous feras pas cet affront...

* Pongibaud, Raoul.
* Raoul, Olivier.

ou nous te tenons, toi, Raoul de Savillac, pour un félon et discourtois camarade!

SCÈNE XII.

LES MÊMES, ANDRÉE, *en costume d'homme, de gauche.* *

ANDRÉE, *entrant brusquement et se posant fièrement ou milieu.* Félon et discourtois!.. Mordioux! qui ose parler ainsi d'un Savillac?

TOUS, *surpris.* Hein!

OLIVIER. Que veut ce petit bonhomme?

ANDRÉE. Petit bonhomme!... (*Enfonçant son chapeau et s'approchant d'Olivier, d'un air provoquant.*) Votre nom, s'il vous plaît, monsieur?

OLIVIER, *riant et le toisant.* Ha! ha! ha! (*D'un air grave ôtant son chapeau.*) Comte Olivier de Narbonne!

ANDRÉE, *même jeu.* Chevalier Ajax de Pézénas!

OLIVIER, *riant.* Ha! bah!

RAOUL. De Pézénas!

ANDRÉE, *lui tendant la main.* Oui, beau cousin.

RAOUL, *surpris.* Hein! Comment... qui vous a dit?..

ANDRÉE. Qui!.. (*A part.*) Hum! (*Haut.*) Eh! donc... la voix du sang, puisque nous sommes cousins.

OLIVIER et ses amis, *riant.* C'est juste...

ANDRÉE. La sénéchale voulait attendre votre réponse, mais l'impatience de faire votre connaissance, mon cousin... (*Elle lui tend la main.*)

RAOUL, *la lui serrant avec colère.* Mon cousin... Mais pardon... je suis attendu... et..

ANDRÉE. Eh! donc! j'arrive bien, n'est-ce pas! au milieu d'une fête? J'ai su cela à votre logis où je me suis fait conduire, car j'ai promis à notre vénérable parente de ne pas me séparer un instant de vous...

RAOUL. Ah! vous.. Ah! c'est...

ANDRÉE. C'est convenu, oui... et une tante de cent mille livres de rentes!.. il ne faut pas jouer avec ces choses-là.

RAOUL. Certes. (*A part.*) Si je l'osais... je t'aurais déjà envoyé au diable d'où tu viens, petit cousin de malheur!

ANDRÉE. Ainsi donc, dès ce moment, je ne vous quitte plus, je l'ai juré, et les Pézénas n'ont qu'une parole.

RAOUL. Je n'en doute pas. Cependant, mon cher cousin... il faudra pour ce soir...

* Raoul, Andrée, Olivier.

ANDRÉE, *le retenant.* Oh! le soir comme le matin, comme le jour.. je m'attache à vous... Je l'ai juré, et les Pézénas!

RAOUL. Par exemple! (*A part.*) Que le ciel le confonde!

ANDRÉE. Oh! rassurez-vous.. (*D'un ton de confidence.*) Je sais que vous n'êtes pas ce que la sénéchale vous croit... Tant mieux, mordioux! ça me va!.. et vous verrez que je suis digne d'être votre élève.. (*Riant.*) Ah! ah! j'ai déjà fait parler de moi.

TOUS, *riant.* Vraiment!

ANDRÉE. ** Eh! donc!

Air : vous verrez ma tournure.

Qu'il est gai, brave, aimable;
C'est un ange, c'est un diable!
Oui, le diable ici bas,
Que ce petit Pézénas
Qui savait aux fillettes.
Toujours plaire le premier;
Et, qui payait ses dettes
En rossant le créancier.

(*rires.*)

Ça m'amusait
Et l'on disait :
Qu'il est gai, brave, aimable!
C'est un ange, c'est un diable;
Oui, le diable ici bas,
Ce mossu de Pézénas!
Qui d'une belle dame
Savait allumer la flamme?
D'un rival insolent
Qui sut mieux percer le flanc.

(*Elle porte une botte à Raoul.*)

(*rires*)

Ça m'amusait,
Et l'on disait :
Qu'il est gai, brave, aimable
C'est.... etc... etc.....

TOUS.

Qu'il est gai, etc..

TOUS, *moins Raoul.* Bravo! chevalier!

OLIVIER. Mossu de Pézénas, bravo!

ANDRÉE. Et pour devenir comme vous, cousin, un cavalier accompli, j'arrive, décidé à vous imiter en tout, à vous suivre partout.

RAOUL. Permettez...

ANDRÉE. Je l'ai juré, et les Pézénas!

RAOUL, *vivement.* N'ont qu'une parole, je sais. (*A part.*) S'ils n'en disaient pas davantage encore.

ANDRÉE, *qui regarde autour d'elle, à part.* Mais où s'est donc fourré ce Pongibaud?

OLIVIER. Vous cherchez?..

ANDRÉE. Mon précepteur... mon gouverneur. (*Courant à Raoul qui cherche à s'éloigner.*) Ne l'avez-vous pas vu, cousin?

*Andrée, Raoul, Ollivier.
*Raoul, Andrée, Ollivier.

RAOUL. Votre gouverneur?

ANDRÉE. Je vous l'avais envoyé d'avance...

SCENE XIII.

LES MÊMES, DE PONGIBAUD.

DE PONGIBAUD. *Oui! c'est elle que j'entends par là.

ANDRÉE, *l'apercevant.* Attendez donc... Mais oui...

DE PONGIBAUD, *la voyant.* Ah! (*Il reste atterré.*)

ANDRÉE. Eh bien !... quoi?... Ah !... Ne me reconnaissez-vous pas?

DE PONGIBAUD. Si... si... (*A part.*) Grand Dieu! je ne sais si c'est cette lanterne ou le Jurançon... (*Il tourne autour d'elle avec sa lanterne.*)

RAOUL. Quoi... c'est votre gouverneur !

ANDRÉE. Lui-même. (*Présentant de Pongibaud à Raoul.*) Cousin, je vous présente mon digne et savantissime précepteur, monsieur Barnabet.

DE PONGIBAUD. Moi... Barna...

ANDRÉE. Paix ! ou Raoul va se faire embastiller, peut-être.

OLLIVIER, *riant.** L'aventure est plaisante... Il se disait messire de Pongibaud.

RAOUL. Ex-vidame de l'abbaye de Bourboussac. (*De Pongibaud veut parler.*)

ANDRÉE *, bas. Paix donc ! (*Haut.*) Comment, il vous a dit... (*Riant.*) Ah! ah! ah! (*D'un ton très-grave.*) Vous avez dit à ces gentilshommes... (*De Pongibaud veut parler.*) Fi! fi!... ne vous déshabituerez-vous donc jamais de mentir?

DE PONGIBAUD. Ah! mais... mad...

ANDRÉE, *bas vivement.* Chevalier de Pézénas ! (*Haut.*) Et vous ne rougissez pas?... (*Lui mettant la main sous le menton.*) Mais si... il rougit... et le cramoisi... eh ! mais... (*Elle le prend au collet.*) Oui... certainement... *A Raoul, en le retenant.*) Voyez donc, cousin, Dieu me damne, il sent le vin! (*A Pongibaud.*) Vous sentez le vin, monsieur. Ah! fi! ah! pouah !

DE PONGIBAUD, *se révoltant.* Ah! fi! ah! pouah!... A qui la faute? Je savais bien que ces jeunes gens me feraient boire... et que ça finirait par-là. (*Rires.*)

ANDRÉE, *à Raoul.* Bah! c'est donc vous, cousin ?

DE PONGIBAUD. Oui, c'est lui... et le sage a dit : (*Se posant.*) Hum !... dis-moi qui tu hantes (*A Andrée*) et je te dirai...

*Raoul, Andrée, Pongibaud, Ollivier.
*Raoul, Pongibaud, Andrée, Ollivier.
*Raoul, Andrée, Pongibaud, Ollivier.

ANDRÉE, *fièrement.* Vous me tutoyez, je crois?

DE PONGIBAUD. Pardon... et je vous dirai... mettons un terme à nos imprudences... redoutons les tentations, (*à Raoul*) les dissipations.

ANDRÉE, *lu frappant sur le ventre,* Et les libations. (*On rit.*)

DE PONGIBAUD. Qui cherche le péril périra... et qui...

ANDRÉE. A bu... boira !... (*On rit.*)

DE PONGIBAUD. Donc, il est temps...

ANDRÉE *, le prenant par les épaules et le faisant tourner.* D'aller vous mettre au lit, mon cher ami, bonne nuit.

DE PONGIBAUD. Bonsoir la compagnie.

RAOUL. Au fait, vous devez être fatigué du voyage... cher cousin ?

ANDRÉE. Fatigué... moi? jamais! Voyons, que faisons-nous ce soir? Buvons-nous... jouons-nous?

DE PONGIBAUD. Dieu du ciel !...

RAOUL. C'est cela... oui... restez un moment avec mes amis... Je vous rejoindrai plus tard.

ANDRÉE, *s'attachant à lui.* Non pas... Je vous suis.

OLLIVIER. Tenez bon... il ne reviendrait pas.

RAOUL. Ah ! morbleu !

ANDRÉE. Ah ! mordioux ! je l'ai juré, et les Pézé..,

RAOUL, *l'interrompant.* Bien, très-bien.

OLLIVIER. Eh bien ! une santé à la bienvenue du chevalier, et nous te laissons partir!

RAOUL.* Soit donc !

TOUS. Ah !

ENSEMBLE.

AIR : *final du Ier acte de la gardeuse de dindons.*

TOUS.

Au loin nous appelle la guerre,
Ensemble, amis, trinquons gaîment,
Et vidons tous un dernier verre
A la gloire du régiment !

DE PONGIBAUD.

Hélas ! il faut bien pour lui p'aire
Ici me montrer complaisant.
Allons sabler un dernier verre
A la gloire du régiment !

(*Ollivier et ses amis entourent Pongibaud et l'invitent à les suivre.*)

*Raoul, Pongibaud, Andrée, Ollivier.
*Raoul, Andrée, Pongibaud, Ollivier.
*Raoul, Andrée, Ollivier, Pongibaud.
*Raoul, Ollivier, Pongibaud.
*La Duchesse, Raoul, Andrée, Ollivier, Pongibaud.

SCÈNE XIV.

LES MÊMES, LA DUCHESSE, *puis* LE DUC.

LA DUCHESSE, *entrant par le bosquet. Elle a baissé son voile et s'approche de Raoul.*

Raoul !

(Elle soulève son voile.)

RAOUL.

Ciel ! madame la duchesse.

LA DUCHESSE.

Oui, j'attendais bien vainement.

ANDRÉE, *à part.*

Une dame. . l'imprudent !...
Comment d'elle, grand Dieu, l'éloigner maintenant !

LA DUCHESSE.

J'ai craint un malheur !

ANDRÉE, *(passant en'reeux.)*

Qu'est-ce ?

RAOUL *le repoussant.*

Arrière !

OLIVIER, *montrant Raoul à ses amis.*

Une femme avec lui !

LE DUC, *entrant.*

Suis-je en retard ?

RAOUL, *à la Duchesse.*

Votre mari !   *(bis)*

ANDRÉE,

Bah !... ce vieux que voici ?

RAOUL.

Vous tairez-vous !

LA DUCHESSE

De la prudence!
Au théâtre rejoignez-moi.
(Elle va s'éloigner, mais elle s'arrête en voyant des jeunes gens au fond.)

LE DUC, *à qui Olivier la montre ainsi que Raoul.*

Ah ! bah ! vraiment... oui, sur ma foi,
De Savillac, ah ! l'infidèle !
(Il va à Raoul qui paraît se concerter avec Andrée et la Duchesse.)
Comment encore une autre belle !...

RAOUL *montrant Andrée.*

Non, c'est mon cousin..

LE DUC.

Comment, non ?
(Il s'avance vers la Duchesse).

'La Duchesso, Raoul, Andrée, le Duc, Ollivier, Pongibaud.
'La Duchesse , Andrée, Raoul, le Duc, Olivier, Pongibaud.
'La Duchesse, Andrée, le Duc, Raoul, Olivier, Pongibaud.
' 'La Duchesse, Andrée, Ollivier, le Duc, Raoul, Pongibaud.

ANDRÉE, *qui s'est placée devant elle.*

Pardon ! pardou !

OLIVIER.

Ah ! laissez passer ou sinon...

ANDRÉE, *enfonçant son chapeau.*

Eh ! mordioux ! non !

(A la Duchesse.)

Calmez-vous, ayez confiance !

OLIVIER.

Allons, petit !

(Il la prend par la taille.)

ANDRÉE, *poussant un cri.*

Quelle inso'ence !

(Elle lui donne un soufflet).

TOUS.

Ah !

ENSEMBLE.

OLIVIER.

De cet affront, d'un tel outrage,
Tu recevras le châtiment.

(Otant son gant.)

D'un combat mortel c'est le gage
Qu'ici, je te jette, insolent !

(Il lui jette son gant.)

ANDRÉE, *à la Duchesse.*

Ne redoutez aucun outrage
Et comptez sur mon dévouement

(Lui offrant son bras.)

Venez ! *(fièrement.)* Messieurs, faites passage !

(A Olivier.)

A demain, monsieur l'insolent
Et voici mon gant.

DE PONGIBAUD.

Quelle folie ! un tel outrage !
Grand Dieu ! que faire maintenant ?
C'est donc au milieu du carnage
Que je dois la suivre à présent !
Quel affreux tourment !

LA DUCHESSE.

Il me garantit d'un outrage,
C'est très-bien, un tel dévouement,
Chez un cavalier de son âge,
Me charme et me touche vraiment !

(Elle le regarde.)

C'est qu'il est charmant !

LES AUTRES.

Ce Pomponnas, plein de courage,
Est à la fois brave et galant ;
De ses jours ce serait dommage
Qu'il payât un tel dévouement.

(Andrée passe au milieu d'eux en donnant le bras à la Duchesse et toisant fièrement Olivier , puis il échange un signe avec Raoul. — De Pongibaud les suit. — Le colonel, Raoul et les officiers entourent Olivier.)

ACTE DEUXIEME.

Un salon dans l'hôtel habité par Savillac. — Porte au fond, ouvrant une galerie. — A gauche au 2me plan, une fenêtre. — Au 1er plan à droite une cheminée avec pendule et glace. — Au 2me plan une porte. Fauteuils.

SCENE PREMIÈRE.

DE PONGIBAUD, *(frappant et appelant avec mystère à la porte de gauche.*

Madame ! madame !la marq..... Rien... et la porte fermée, verrouillée ! après ça, la prudence .. (*Appelant.*) Madame... (*Venant en scène.*) Si je savais du moins pourquoi elle tarde tant à paraître... et ce qu'elle médite encore...

AIR :

Mais elle s'obstine à se taire,
Je ne sais rien de son projet :
Elle est tout énigme et mystère
Et j'en cherche envain le secret.
Bast ! c'est à tort que je m'en fâche;
Bientôt elle m'épousera,
En tout ce qu'au futur on cache
L'époux enfin le connaîtra.

SCENE II.

LE MÊME, RAOUL.

RAOUL, *sortant de la chambre à droite, 2e plan.* Eh bien.. Ajax !... Comment ! il n'a pas encore paru*

DE PONGIBAUD. Pas encore, non...

RAOUL, *appelant à la porte à gauche.* Ajax ! Ajax !... ah ça, mais ce n'est pas un garçon ce cousin-là !*

DE PONGIBAUD, *effrayé.* Hein !

RAOUL, *riant.* C'est une marmotte.

DE PONGIBAUD, *rassuré, riant.* Ah ! ah ! (*Voyant Raoul se baisser pour regarder par la serrure en l'arrêtant.*) Monsieur !.. monsieur !...

RAOUL. Quoi ?

DE PONGIBAUD. Mon élève s'habille peut-être, monsieur !

RAOUL. C'est justement ce que je veux savoir.

DE PONGIBAUD. Grand Dieu ! (*Le tirant par le bras.*) Mais c'est indiscret ce que vous faites là, monsieur... C'est indécent !

RAOUL, *riant.* Ah ! ah ! pardieu ! il pourra bien me regarder tant qu'il voudra... et vous aussi. (*Descendant la scène.*) Sont-ils bégueules donc ! (*Haut.*) Alors tâchez de l'éveiller... que diable ! lorsqu'on a le sommeil si dur, on ne s'enferme pas à double tour... la veille d'un duel surtout. (*De Pongibaud qui frappe.*) Il ne répond pas ? faisons sauter la porte.

DE PONGIBAUD, *effrayé.* Inutile... je crois l'entendre.

RAOUL, *avec impatience.* Eh bien ?

DE PONGIBAUD, *frappant et appelant très-fort.* Madame ! madame !

RAOUL. Hein !

DE PONGIBAUD, *à part.* Oh ! (*Se reprenant et riant.*) Oui... ah ! ah, mon élève est un peu enclin à la paresse... et quand je veux le stimuler... piquer son amour-propre... je l'appelle madame ou mademoiselle.

RAOUL, *riant.* Bah !... Ah ! ah ! la drôle d'idée. (*S'approchant et appelant.*) Madame, madame de Pézénas.

DE PONGIBAUD, *à part.* Grand Dieu ! en ai-je fabriqué de ces mensonges depuis hier ! (*Frappant.*) Monsieur ! (*Tambourinant sur la porte.*)

AIR du *Comte Ory.*

Mais ouvrez donc; c'est assez sommeiller.

SCENE III.

LES MÊMES, ANDRÉE.

ANDRÉE, *elle ouvre brusquement la porte, et repousse Pongibaud qui recule effrayé.*

Le diable emporte
Le sot qui, pour m'éveiller,
Vient à ma porte
De cette façon brailler !

DE PONGIBAUD, *offensé.* Brailler !... Je bra lle !...

ANDRÉE.

MÊME AIR.

C'est vous, mordious ! Je n'y conçois plus rien !
Par ce tapage,
De reposer nul moyen.
Ah ! quel dommage!
(*Se tirant les bras.*)
Moi, qui sommeillais si bien.
(*Elle se frotte les yeux et se laisse aller sur un fauteuil.*)

RAOUL. Sommeiller !... Il s'agit bien, vraiment...

* Pongibaud, Raoul.
* Raoul, Pongibaud.

* Pongibaud, Raoul, Andrée.
* Pongibaud, Andrée, Raoul.

ANDRÉE. Ah ! bonjour, cousin. (*Se tirant les bras et parlant en bâillant.*) On ne peut donc pas dormir un peu dans cet hôtel ?

RAOUL. Un peu !

ANDRÉE. Ah !... brrrou !... Je me recoucherais bien.

RAOUL. En vérité !... Je t'admire !... Il est d'un calme merveilleux !... Aurais-tu donc oublié ?...

DE PONGIBAUD. Quoi ?

RAOUL. Oh ! vous... votre tête était trop troublée par le vin pour vous rappeler...

DE PONGIBAUD. Monsieur... sachez ! (*A part.*) Quelle humiliation !

RAOUL, *à Andrée.* Ne t'ai-je pas dit qu'il avait été convenu que tu te rencontrerais avec Olivier, au bois de Vincennes ?... Or, il est dix heures, et le rendez-vous est pourmidi.

DE PONGIBAUD. Encore un rendez-vous, au fond d'un bois ? Je m'y oppose.

RAOUL. Impossible... Après un soufflet.

ANDRÉE. Un soufflet ?... Ah ! oui, oui, oui ! Le soufflet !... Tiens, c'est vrai.

RAOUL, *surpris.* Il l'avait oublié... mais... pas moi, à qui tu as rendu service. (*Il lui serre la main.*)

ANDRÉE, *faisant la grimace.* Merci !... cousin...

DE PONGIBAUD. Quand je l'entends la tutoyer ainsi... il me prend des tentations de le... (*Il fait un geste menaçant, Raoul lache la main d'Andrée et se retourne. De Pongibaud lui sourit et lui présente la main.*)

RAOUL, *le regardant fièrement.* Hein ! qu'est-ce... Allez, allez donc, mon bon... (*Il lui tourne le dos.*) Il est un peu familier ton monsieur Barnabet, cousin !

DE PONGIBAUD, *à part, vexé.* Ah ça, mais, il me regarde et me traite comme un paltoquet ! comme un pleutre !

RAOUL. Et maintenant, dis-moi, sais-tu te battre ?

ANDRÉE, *se levant vivement.* Moi !

DE PONGIBAUD. Se battre... mon élève !.. Nous prenez-vous pour des spadassins, monsieur ?

RAOUL. Il n'est pas question de vous, mais du chevalier.

DE PONGIBAUD. Il ne se battra pas.

RAOUL. Il se battra. (*A Andrée.*) N'est-ce pas ?

ANDRÉE. Certainement (*A part.*) Prends garde. (*Haut.*) Demain.

RAOUL. Hein !

ANDRÉE. Ou après demain.

DE PONGIBAUD. L'année prochaine, à Pâques ou à la Pentecôte.

ANDRÉE. Et d'abord, je ne me bats jamais sans m'être exercé la main ; n'est-ce pas, M. Barnabet ?

DE PONGIBAUD. Jamais.

ANDRÉE. Pour avoir négligé cette précaution dans mon dernier duel... j'ai failli être tué ; n'est-ce pas, M. Barnabet ?

DE PONGIBAUD. Le fait est qu'il ne s'en est pas fallu de ça. (*A part.*) Mon Dieu ! pardonnez-lui... et à moi aussi.

RAOUL, *qui réfléchit.* Il est vrai que tu auras affaire à un rude jouteur ; il n'y a guère que moi, dans tout le régiment, qui puisse tenir contre de Narbonne... et un peu d'exercice. (*Regardant la pendule.*) Nous avons encore le temps... Je suis à toi.

DE PONGIBAUD, *le suivant.* Inutile, monsieur... Allons donc... des exercices pareils... (*Raoul entre dans sa chambre.*)

SCENE IV.

ANDRÉE, DE PONGIBAUD.

DE PONGIBAUD.[*] Ah ! madame, dans quel embarras votre fatal emportement nous a plongés !

ANDRÉE. Eh ! que voulez-vous ! On n'est pas maître d'un premier mouvement... à ma place, vous en eussiez fait autant.

DE PONGIBAUD. Moi !

ANDRÉE. Comment ! si je venais tout à coup vous prendre par la taille. (*Montrant de Pongibaud.*) Ça ne vous ferait rien !

DE PONGIBAUD. Si !... ah si !...

ANDRÉE. Vous voyez bien !

DE PONGIBAUD. Ça me ferait plaisir.

ANDRÉE. Et moi, ça me fait bondir.

AIR : *Qu'il est flatteur d'épouser celle.*

J'ai dû punir le téméraire
Et sans réfléchir au danger.
Mais peut-être dans ma colère
Ai-je eu le geste un peu... léger.

DE PONGIBAUD.

Sage pour tout, qui le redoute !
Votre geste fut dans ce cas
Madame, assez... léger sans doute
Mais le soufflet ne l'était pas.

Et tout à l'heure encore, refuser de nous répondre, de nous ouvrir là... Sans moi, il pénétrait dans cette chambre.

ANDRÉE. Je sais, j'ai entendu, mais il fallait bien cacher mes robes, et surtout gagner du temps pour laisser passer l'heure de ce maudit duel.

DE PONGIBAUD. Mais après ?

ANDRÉE. Après, après !... qui vivra verra !

* Andrée, Pongibaud.

Et le moyen de vivre, c'est de ne pas aller se faire tuer.

DE PONGIBAUD. C'est juste... Elle a parfois de certains petits raisonnements.

SCÈNE V.

LES MÊMES, RAOUL.

RAOUL, *rentrant avec deux épées de salle.* Voilà ce qu'il faut pour te faire la main.

DE PONGIBAUD. Avec ça !

RAOUL. Ah ! il n'y a pas de danger; des épées d'assaut... (*En présentant une à Andrée.*) Tire... (*Se mettant en garde.*) Et, en garde.

ANDRÉE, *intimidée.* C'est que.. je préférais... essayer... avec mon maître... (*Elle montre Pongibaud à qui elle fait signe.*)

RAOUL. Lui !

ANDRÉE. Oh ! il est très-savant... Il sait un peu de tout.

RAOUL. Ah ! bah !... enfin !... (*Lui remettant l'espadon.*) M.... je jugerai des coups en achevant de m'habiller.

DE PONGIBAUD, *bas à Andrée.* Mais, madame, je ne puis...

ANDRÉE, *même jeu.* Bath... vous êtes peut-être très-fort, sans vous en douter.

RAOUL, *qui arrange sa cravate devant la glace.* Eh bien !

DE PONGIBAUD, *se posant très-gauchement.* Allons. M. le chevalier, ferme là... (*Il met la main gauche sur ses yeux.*)

RAOUL, *riant.* Oh ! la plaisante garde... Que diable faites-vous de cette main-là ?

DE PONGIBAUD. Pour garantir les yeux... Dans le Périgord, nous garantissons toujours les yeux...

ANDRÉE. Laissez, cousin. (*Marchant sur Pongibaud. Le touchant.*) Allons... fèrme là... Pan !...

DE PONGIBAUD, *poussant un cri.* Oh là !... piqué... je suis piqué... Très-bien !

RAOUL. Très-mal... la parade était facile... et si vous aviez riposté...

ANDRÉE. Nous ne ripostons jamais, dans le Périgord.

RAOUL. Hein !

DE PONGIBAUD, *fièrement.* Jamais, monsieur... chacun a sa méthode.

ANDRÉE. Allons, en garde ! monsieur Barnabet ! (*Elle marche sur lui. De Pongibaud rompt à grands pas.*)

RAOUL, *riant.* Ah ! ah ! allez-vous bien loin, comme ça, monsieur Barnabet ?

DE PONGIBAUD, *s'arrêtant avec énergie.* Le plus loin possible, monsieur... Ceci rentre encore dans ma méthode... Quand je tiens en face... bien en face... là, un adversaire tout bouillant d'ardeur...

AIR : *de Voltaire chez Ninon.*

Je romps, romps, romps, adroitement ;
À battre l'air, il s'évertue.
Je romps avec... acharnement,
Il peste, il rage, il souffle, il sue.
Bientôt ses torts sont expiés,
J'ai la victoire que je brigue.
Car mon adversaire à mes pieds
Tombe vaincu...

ANDRÉE, *avec force.*
Par la fatigue.

DE PONGIBAUD ET ANDRÉE.
Il tombe enfin, mort de fatigue !

RAOUL *à Andrée.* Et c'est là ce qu'il t'a appris ?

ANDRÉE. C'est ça.

RAOUL. Alors, tu es un homme mort. (*Prenant l'espadon de Pongibaud.*) Donnez-moi ça... (*A Andrée.*) Je vais t'indiquer un coup à moi, un coup certain, s'il est bien exécuté... Tu engages l'épée ainsi... puis une feinte... Tu lies le fer, et tu files comme l'éclair... (*Il la touche au côté.*)

ANDRÉE, *poussant un cri.* Ah !

RAOUL, *se croisant les bras d'un air satisfait.* Hein ?... Il est joli celui-là ?

DE PONGIBAUD. Joli ! joli !... Vous liez... vous filez... et psst !... Très-joli ! Je le mettrai dans ma méthode.

RAOUL. L'as-tu bien saisi ?

ANDRÉE, *à elle-même, la main sur le côté.* Que trop !

RAOUL, *à lui-même.* Décidément, il se ferait tuer... Un enfant qui m'a été recommandé... Je ne puis souffrir. (*Il prend son chapeau et se prépare à sortir.*)

ANDRÉE. Vous sortez ?

RAOUL. Je vais trouver ton adversaire... obtenir un délai. Allons, petit-cousin, exerce-toi ; (*à Pongibaud*) vous aussi.

ENSEMBLE.

AIR : *Allons que ma chère Eudoxie (Mlle Wichem.*

AIR :

RAOUL.

Adieu, savant maître d'escrime,
Et surtout, exercez-vous bien ;
De son courage on est victime
Si de votre art on ne sait rien.

DE PONGIBAUD, ANDRÉE.
On peut étudier l'escrime

* Pongibaud, Raoul, Andrée.
* Pongibaud, Raoul, André.
* Pongibaud, Raoul, Andrée.
* André, Raoul, Pongibaud.

Et ne pas chercher le moyen
D'exterminer une victime,
Avant tout on est bon chrétien

RAOUL.

Et grâce à moi si l'on vous fâche,
Vous connaissez un coup certain.

DE PONGIBAUD.

Encore une fois, qu'on le sache
Je ne suis pas un spadassin.

(Raoul sort.)

REPRISE DE L'ENSEMBLE.

SCÈNE VI.

ANDRÉE, DE PONGIBAUD.

DE PONGIBAUD *. Parti, enfin !

ANDRÉE. Tout va bien ; il ne me reste plus qu'à désabuser le vicomte sur les sentiments de sa duchesse, une franche coquette.

DE PONGIBAUD. Comment ?

ANDRÉE. Oui, une coquette... J'ai vu ça tout de suite... à son air... à ses petits clignements d'yeux, en me parlant de sa reconnaissance hier au soir.

DE PONGIBAUD, *d'un ton sentimental.* Ah ! quand me regarderez-vous aussi en clignotant ?

ANDRÉE. Taisez-vous, gros mauvais sujet ! Le séjour de Paris vous perdra, Pongibaud.

DE PONGIBAUD. Eh bien, retournons à Savillac.

ANDRÉE. Oh ! pas avant d'avoir prouvé au vicomte que sa duchesse peut écouter un autre que lui.

DE PONTGIBAUD. Mais cette preuve, comment l'avoir ? (*Un laquais paraît.*)

ANDRÉE. Qu'est-ce ?

LE LAQUAIS. Une dame demande M. le vicomte ou M. le chevalier.

ANDRÉE. Une dame !... (*Frappée.*) Ah ! si c'était.

DE PONGIBAUD. Hein ?

ANDRÉE. Faites entrer. (*Elle va regarder.*)

DE PONGIBAUD. Quoi ?

ANDRÉE. C'est elle.

DE PONGIBAUD. Qui ?

ANDRÉE. La duchesse.

DE PONGIBAUD. Bah !

ANDRÉE. Hein !... qui !... quoi ?... Bah ! Taisez-vous donc *(La Duchesse paraît.)*

SCÈNE VII.

LES MÊMES, LA DUCHESSE.

ANDRÉE, *allant au devant de la Duchesse.* Ah ! madame, tant d'honneur... mon cousin était loin d'espérer...

* Andrée, Pongibaud.

LA DUCHESSE, *qui l'examine, l'interrompant.* Avant tout, M. le chevalir... veuillez me rassurer sur les suites de cette odieuse affaire, où vous avez si généreusement pris ma défense.

ANDRÉE, *saluant.* Madame... (*à Pongibaud*) voyez-vous ?

DE PONGIBAUD. Oui... le fait est qu'elle cligne...

ANDRÉE, *à la Duchesse.* C'est trop de bonté.

LA DUCHESSE. C'est justice.

DE PONGIBAUD, *à part.* Elle cligne toujours.

ANDRÉE. Au surplus, tout s'est passé le mieux du monde, et mon cousin...

LA DUCHESSE, *l'interrompant.* Vous n'êtes pas blessé ?

ANDRÉE. Moi !... (*La regardant.*) Si madame...

DE PONGIBAUD. Hein !... (*Andrée lui marche sur le pied pour le faire taire.*)

LA DUCHESSE, *cherchant des yeux.* Grand Dieu ! au bras !... à la main !...

ANDRÉE. Non, madame... plus dangereusement. (*Avec expression en baissant la voix et mettant la main sur son cœur.*) Là, madame.

LA DUCHESSE. Ah !

DE PONGIBAUD, *à part.* Bon ! voilà qu'elles clignent toutes deux, maintenant !

LA DUCHESSE, *souriant.* Grâce à Dieu ! cette blessure n'a rien de bien inquiétant pour vos jours...

ANDRÉE. Vous croyez, madame... et pourtant je souffre... mon gouverneur vous dira... n'est-ce pas, M. Barnabet... quelle nuit !

DE PONGIBAUD. Affreuse, madame... une agitation... la fièvre... une espèce de délire...

LA DUCHESSE. Vraiment ?

ANDRÉE, *à Pongibaud.* Que disais-je donc ?

DE PONGIBAUD. Que sais-je ?... vous parliez d'une divinité... d'une déesse... est-ce duchesse ou déesse... donc ? je ne sais plus... qu'elle est belle !... Oh ! que d'attraits, quels doux yeux !... comme elle cligne. (*Mouvement de la Duchesse.*)

ANDRÉE, *vivement, le poussant du coude. A la Duchesse.* C'était la fièvre, madame.

DE PONGIBAUD. Ah ! Mr le chevalier, il se passe là quelque chose et vous me le cachez... car il me le cache, madame... j'ai beau l'interroger...

LA DUCHESSE, *à part.* A son âge, tant de bravoure et de discrétion !

DE PONGIBAUD, *d'un air attendri, à An-drée.* Si, si! monsieur... vous aimez, j'en suis certain... je l'affirmerais, Madame.. il aime et il refuse de m'ouvrir son cœur, à moi, son mentor! (*Il la prend et la serre dans ses bras*)

ANDRÉE, *bas.* Dites donc... dites donc... pas si fort, hein?

DE PONGIBAUD. C'est pour mieux vous déguiser. (*Haut*) A moi qui l'aime tant! (*Il l'embrasse.*)

ANDRÉE, *poussant un cri et le repoussant.* Ah! par exemple!... voulez-vous bien...

DE PONGIBAUD. C'est pour mieux vous...

ANDRÉE. Eh! vous me déguisez trop! (*à part.*) L'effronté!

DE PONGIBAUD, *qui se frotte les mains.* C'est égal... je tiens un acompte. (*Bruit au fond, il va regarder.*)

LA DUCHESSE. Ce digne homme vous paraît fort affectionné.

ANDRÉE. En effet. (*A Pongibaud qui regarde au fond.*) Qu'est-ce que c'est?

DE PONGIBAUD. Une autre jeune femme qui demande M. de Savillac. *

ANDRÉE. Encore!

LA DUCHESSE. Qui donc?

DE PONGIBAUD. Elle se fâche et veut qu'on l'introduise... Mlle Armande.

ANDRÉE. * La comédienne! (*Mouvement de la Duchesse.*) Ah! ne craignez rien, madame, personne n'entrera. (*Elle va à Pongibaud.*)

DE PONGIBAUD. Elle se retire, mais furieuse... disant qu'elle sait pourquoi M. de Savillac refuse de la recevoir... et que dût-elle passer le reste du jour là en face, au *Banquet d'Anacréon,* pour guetter sa rivale... elle la connaîtra.

LA DUCHESSE. Grand Dieu!

ANDRÉE. * Que faire?.. Ah! c'est cela. (*Elle parle bas à Pongibaud.*)

LA DUCHESSE, *allant à la fenêtre.* Oui, c'est bien elle... Armande!.. cette insolente Colombine; si elle me voit, je suis perdue.

DE PONGIBAUD, *à Andrée.* Mais c'est impossible, madame... Comment voulez-vous qu'avec ces modestes habits...

ANDRÉE. Eh bien!.. reprenez ceux de votre rang.

DE PONGIBAUD. Et puis, madame... mon caractère, moi... un ex-vidame!

* Le Duc, Pongibaud, Andrée.
* Le Duc, Pongibaud, Andrée.
* Le Duc, Andrée, Pongibaud.

ANDRÉE, *avec autorité.* Ah! obéissez, ou ne reparaissez jamais devant moi.

DE PONGIBAUD, *effrayé.* J'obéis... j'obéis.

AIR : *Sous le beau ciel de la patrie.*

ENSEMBLE.

DE PONGIBAUD.

Rejoindre cette pauvre femme,
Pour moi quel ordre dangereux,
Je me connais, pauvre Vidame,
Tu vas te perdre, malheureux!

ANDRÉE.

Vite, partez, mon cher Vidamé,
Soyez adroit, et de ces lieux
Éloignez cette jeune femme;
Obéissez, ah! je le veux!

LA DUCHESSE.

Hélas! je tremble au fond de l'âme,
Demeurer est trop dangereux..
Mais à l'insu de cette femme
Comment m'éloigner de ces lieux?

(*André pousse Pongibaud qui sort précipitamment.*)

SCÈNE VIII.

ANDRÉE, LA DUCHESSE.

LA DUCHESSE. La voilà sur le balcon... en face de cet hôtel... Impossible de sortir sans être aperçue.

ANDRÉE. Rassurez-vous, madame.

LA DUCHESSE. Auriez-vous donc trouvé quelque moyen?

ANDRÉE. * Oui, mais je ne puis comprendre que mon cousin...

LA DUCHESSE. M. de Savillac. (*Avec colère.*) Oh! je ne lui pardonnerai jamais.

ANDRÉE, *d'un air compâtissant.* Ah! (*Vivement.*) Au fait, il le mérite, certes... il le mérite... une comédienne, une Colombine...

LA DUCHESSE. N'est-ce pas?

ANDRÉE. Ah! fi!

LA DUCHESSE. N'est-ce pas?

ANDRÉE. C'est indigne!

LA DUCHESSE. N'est-ce pas!!

AIR : *Les jolis yeux bleus.*

Ah! c'est odieux!

ANDRÉE.

J'en suis furieux
De ce trait affreux.
Je veux, sur mon âme,
Vous venger!

LA DUCHESSE.

Comment?

ANDRÉE.

D'un amour constant,
A vos pieds, madame,

* Le Duc, Pongibaud, Andrée.
* Le Duc, Andrée.

Je fais le serment.
Un regard, un mot d'espérance,
Sur votre main un seul baiser !

LA DUCHESSE, *à part, souriant.*
A celui qui prit ma défense
Je ne puis pas tout refuser.

Écoutez !

ANDRÉE. C'est lui, sans doute, il va se justifier !..

LA DUCHESSE. Non, non. (*Elle cherche, puis ouvre la porte de la chambre.*) Je ne dois, je ne veux ni l'entendre ni le revoir... Tâchez de l'éloigner, et prevenez-moi dès que je pourrai sortir sans danger.

ANDRÉE, *lui montrant la porte de sa chambre.* C'est cela... Veuillez entrer et attendre là.

ENSEMBLE.

LA DUCHESSE.

Assez .. je le veux,
Monsieur plus d'aveu
C'est trop dangereux,
Ils troublent mon âme.
A l'amour constant
Que jure un amant,
Le cœur d'une femme
Croit trop aisément.

ANDRÉE.

O moment heureux !
D'un trait odieux,
A l'instant je veux
Vous venger, madame ;
Oui, dès à présent,
D'un amour constant,
Ici sur mon âme,
Je fais le serment !

(*Andrée lui baise la main. La duchesse entre dans la chambre d'Andrée.*)

SCÈNE IX.

ANDRÉE, RAOUL.

ANDRÉE, *courant à la fenêtre.* Armande est toujours là... Eh ! mais, oui, voilà M. de Pongibaud qui va la rejoindre... il s'est fait superbe. (*Riant.*) Et des airs ? Pourvu qu'il réussisse ! (*Voyant entrer Raoul.*) Ah ! vous voilà, cousin.. Eh bien ?

RAOUL, *froissant une lettre qu'il lisait.* Eh bien !.. Tu as une trève d'un mois.

ANDRÉE. D'un mois ?

RAOUL. Il lui faudra bien ça pour se servir de son bras... Tu sais le fameux coup ?.. Je l'ai employé.

ANDRÉE. Ciel ! Vous vous êtes donc battu ?

RAOUL. Parbleu !.. Oh ! moi, qui voulais lui cacher. (*La voyant chanceler un peu.*) Eh bien !.. eh bien !.. qu'as-tu donc ?

ANDRÉE, *se remettant.* Rien, rien !

RAOUL. Mais si...

ANDRÉE. Eh non ! mordioux !.. c'est un étourdissement... un éblouissement !..

RAOUL, *riant.* Ah ! ah ! ah ! ce cher cousin !.. Allons, j'ai bien fait... Que serait-ce donc s'il avait fallu te battre toi-même ?

ANDRÉE, *vivement.* Oh ! j'aurais eu moins peur !

RAOUL *surpris, la regardant.* Bah ! Pourquoi ?

ANDRÉE, *embarrassée.* Parce que.. (*s'animant*) parce que la vue du danger excite.. anime... J'ai souvent éprouvé ça à la chasse.

RAOUL. Tu aimes à chasser ?

ANDRÉE. Beaucoup, oui... avec notre parente surtout... madame Andrée de Savillac.

RAOUL. Tu la vois donc quelquefois ?

ANDRÉE, *jetant un coup d'œil sur la glace.* Quelquefois.

RAOUL. Comment est-elle décidément ?

ANDRÉE. Ah ! dame ! vous savez, lorsqu'on aime quelqu'un...

RAOUL. Tu l'aimerais ?

ANDRÉE. Oh ! comme moi-même !..

RAOUL. Diable !

ANDRÉE. Ça vous étonne vous. (*Avec intention en l'observant.*) Vous, qui ne l'aimez guère.

RAOUL. Et à qui elle le rend bien, n'est-ce pas.. après mon refus ?

ANDRÉE. Oh ! non ; elle a très-bien compris cela... Cette fierté était si naturelle chez un gentilhomme qui ne la connaissait pas, qui ne lui devait rien ; votre oncle, c'était différent... elle s'était exposée pour lui.

RAOUL. En effet ! Ainsi, elle ne disait pas trop de mal de moi ?

ANDRÉE. Pas trop, non.

AIR de l'Insouciant.

Il est léger ; railleur, me disait-elle,
Quelque peu fat et très-dissipateur.
Brouillon, trompeur, en amour peu fidèle...
(*Elle cherche.*)

RAOUL, *souriant.*
Est-ce donc tout ?

ANDRÉE, *trouvant.*
Ah ! prodigue, moqueur,
Joueur sans frein, caractère frivole,
Il raille, il fronde et de tout il se rit.
C'est un enfant, c'est une tête folle
Voilà, je crois, tout ce qu'elle m'a dit.
Censeur, bretteur, séducteur, tête folle,
De vous, voilà tout ce qu'elle m'a dit.

RAOUL, *ironiquement.* Tu es sûr ?

ANDRÉE. Je crois, pour l'instant... i

m'en reviendra peut-être. *(Comme si elle trouvait.)* Ah!..

RAOUL, *vivement.* Non.. merci, bien obligé... Je trouve ça- très suffisant, pour l'instant, comme tu dis. ❧

ANDRÉE. Mais, ajoutait-elle ensuite, un cœur loyal et généreux, comme il l'a prouvé le jour où prenant ma défense contre un fat qui se moquait de la petite paysanne... il répondit: Cette.. paysanne .. est ma tante aujourd'hui.. elle porte le nom de Savillac... insolent qui la raille devant moi! Et v'lan!.. on dégaina, et pan!.. Ah! cousin, c'était gentil ça...

RAOUL, *souriant.* Tu trouves?

ANDRÉE.
Air du Vaud. Desgarcins.

Oui, d'une femme et de votre enncmie,
Vous faire ainsi l'appui, le défenseur,
Aller pour elle exposer votre vie,
Oh! c'était bien, c'était d'un noble cœur!
Merci cent fois, merci de tant de zèle,
A tous vos torts croyez qu'il survivra,
Du dévoutment que vous eûtes pour elle,
Toujours, cousin, elle se souviendra.
Le souvenir en sera toujours là!

RAOUL, *souriant.* Vraiment! Ce cher Ajax.. il y met une vivacité.../ une expression...

ANDRÉE, *un peu confuse et lâchant la main de Raoul.* Eh! donc... puisque je l'aime.

RAOUL. Ah! la marquise a su cela?

ANDRÉE. Et ne l'a pas oublié... Elle ne désirait qu'une' chose... trouver l'occasion de vous le prouver.

RAOUL. Ah! ça, mais c'est donc une excellente personne.

ANDRÉE. Bien des gens le disent.

RAOUL Et toi?

ANDRÉE. Moi aussi naturellement (*avec force*). Puisque je l'aime...

RAOUL, *riant.* Oui, oui... ah! ça, mais à ce compte-là... j'aurais presque eu tort de refuser.

ANDRÉE, *vivement.* Du tout... ah! mais, cousin, pas de ces idées-là... mordioux!... je ne vous envie pas vos duchesses... vos colombines...

RAOUL. Ma colombine!... tu me rappelles qu'Amande vient de me faire passer ce billet, rempli de menaces furibondes.

ANDRÉE. Vous savez qu'elle est là en face?

RAOUL.· C'est cela pour me surveiller.. elle me suivra... et la duchesse qu'il faut

absolument que je revoie, pour la prévenir...

ANDRÉE, *avec ironie.* Ah! oui, votre belle duchesse, qui vous aime tant? (*Elle sourit.*)

RAOUL, *la regardant.* Hein?... certainement... pourquoi ce sourire? aurais-tu donc remarqué?

ANDRÉE. Moi!... oh! rien.

RAOUL, *vivement.* Si fait, tu me caches quelque chose, (*A part.*) La duchesse aurait-elle fait la coquette avec lui? (*Haut avec force*) voyons .. dis-moi franchement... est-ce que la duchesse?

ANDRÉE, *vivement, regardant la chambre.* Chut!... plus bas donc!

RAOUL. Pourquoi cela?

ANDRÉE, *cherchant.* Eh! mais.. vous criez... (*Trouvant et montrant la fenêtre.*) et l'autre... en face?

RAOUL. C'est juste!... comme c'est agréable... me voilà gardé à vue... chez moi!... (*Frappé*) Ah! une idée... dis donc, Ajax (*Il passe son bras sur les épaules d'Andrée et s'appuie sur elle*).

ANDRÉE, *à part.* Ah! mon Dieu!

RAOUL. Tu devrais bien... (*Andrée cherche à se dégager, il la contient et s'appuie davantage.*) Ecoute-moi donc... tu es gentil...

ANDRÉE. Ah! vous trouvez... (*Elle le regarde en souriant*).

RAOUL. Oui, de° yeux... un sourire...

ANDRÉE, *à part, effrayée.* Comme il me regarde!... se douterait-il?

RAOUL. Des dents superbes... et un visage si frais...

ANDRÉE, *à part.* Est ce qu'il va m'embrasser! (*Elle détourne et baisse la tête avec crainte*).

RAOUL. Enfin quelque chose de spirituel et de naïf, à la fois... je suis sûr que si tu voulais lui plaire ..

ANDRÉE. A la duchesse!

RAOUL. Non, à l'autre... Amande... tu devrais m'en débarrasser...

ANDRÉE. C'est drôle... l'idée m'en était venue aussi.

RAOUL. Ah! bah!... voyez-vous... la sympathie... nous étions faits pour vivre ensemble, *déclamant et s'appuyant tout à fait sur elle*), pour porter ensemble le fardeau de l'existence.

ANDRÉE.° Oui!... mais je porte les deux en ce moment... et c'est un peu lourd, pour un seul.

RAOUL, *riant et se retirant.* Ah! ah! ah!

Fh ! bien, c'est convenu, tu vas essayer de la séduire.

ANDRÉE. La duchesse !

RAOUL. Encore ! Ah ! ça mais, tu ne penses qu'à elle... il y a quelque chose, décidément.

ANDRÉE. Du tout ! (*Jouant avec son jabot et d'un ton de fatuité*). Quoique si l'on voulait bien, peut-être.....

RAOUL. Ah ! bah !... petit fat de Pézenas, va !

ANDRÉE. Vous m'en défiez ?... gageons que j'en donnerai la preuve avant ce soir !

RAOUL. Avant ce soir... vous devez donc vous revoir ? (*Riant.*) Ah ! ah ! ah ! de quoi vais-je m'inquiéter ! la duchesse m'aime.

ANDRÉE, *fred nnant.*

Ton, ton aine, tontaine...

RAOUL. *avec force.* Elle m'aime, te dis-je !

ANDRÉE. Je ne dis pas non :

Ton, tontaine, ton, ton.

RAOUL. Est-il taquin ! et puis il ne s'agit ici que d'Armande... veux-tu me l'enlever ?

ANDRÉE. Inutile... c'est fait ! (*Elle lui montre Pongibaud qui entre.*) Par lui !

SCÈNE X.

LES MÊMES, DE PONGIBAUD.

DE PONGIBAUD,* *en costume de financier ; il entre d'un air triomphant et riant..* Ah ! ah ! ah ! tans pis... Je lui en ai dérobé un.

RAOUL, *qui s'est approché de lui et surpris.* M. Barnabet !

DE PONGIBAUD.** Serviteur, monsieur. (*Il passe de l'autre côté.*) Sur l'épaule gauche !. (*Avec transport.*) A la Colombine ! (*D'un air confus et repentant.*) A une colombe... (*Gaiement et résolument.*) A la Colombine !

ANDRÉE. Où est-elle ?

DE PONGIBAUD. Charmante, délicieuse... elle m'attend pour dîner.

RAOUL. *** Qui ?

ANDRÉE. Armande.

RAOUL. Armande ?

DE PONGIBAUD. Armande, oui ! (*Riant.*) Ah ! ah ! ah !...

ANDRÉE. Ainsi, vous avez réussi... elle vous croit un riche financier.

RAOUL. Financier ?

ANDRÉE, *riant.* De Bourboussue !

DE PONGIBAUD, *à Raoul.* (*Riant.*) Ah ! ah ! ah ! la drôle de créature... un caqueta-

* Raoul, Pongibaud, Andrée.
* Pongibaud, Raoul, Andrée.
* Raoul, Pongibaud, Andrée.

ge... un jabotage... un papotage.. des expressions si réjouissantes et que je n'avais jamais ouïes !

RAOUL, *riant.* Je vous crois.

DE PONGIBAUD, *riant.* Ah ! ah ! ah ! et qui cligne. (*A Andrée.*) En voilà une qui cligne !

ANDRÉE, *sévèrement.* Eh bien ! monsieur.

DE PONGIBAUD, *à Raoul.* Ah ! ah ! ça me monte la tête. ça me fait l'effet de votre Jurançon d'hier, tenez !

ANDRÉE, *qui est allée à la fenêtre.* Et vous lui avez fait quitter le salon d'en face ?

DE PONGIBAUD. Pour un autre sur les jardins... puis, sous prétexte d'aller acheter quelques bijoux... et d'autres pastilles. (*Il montre une grosse bonbonnière.*) Elle était comble, mais à chaque mot qu'elle dit... crac ! et voilà. (*Il renverse la bonbonnière pour montrer qu'elle est vide.*) Elle était comble ! Drôle de jeune créature, va, que tu m'amuses !... Je suis accouru, après l'avoir enfermée (*Montrant une énorme clef.*) Pour plus de sûreté. (*Il va à la glace et se mire en prenant des poses.*)

ANDRÉE. * Vous avez entendu, cousin ? Maintenant, plus de danger pour vous d'être suivi... vous pouvez partir.

RAOUL. Et cela, grâce à ton adresse ! moi, qui, hier au soir, l'envoyais de si bon cœur à tous les diables.

ANDRÉE. Vraiment !

DE PONGIBAUD, *à Raoul.* Comme moi... vous !

RAOUL. Hein ! (*De Pongibaud retourne à la glace A Andrée.*) Et c'est toi... qui me sors de tous mes embarras... Ah ! ma foi, petit cousin, il faut que je t'embrasse.

ANDRÉE, *effrayée.* Non... non...

RAOUL. Si ! si ! pardieu !

DE PONGIBAUD. * Non.... pas.... non. (*Raoul a saisi Andrée et l'embrasse sur une joue. Pongibaud le tire par son habit.*) Mais, monsieur, on n'embrasse pas ainsi !

RAOUL. * Son cousin ?... Dans le Périgord, c'est possible, mais à Paris. (*Il embrasse Andrée sur l'autre joue.*)

DE PONGIBAUD, *à Andrée qui est toute confuse.* Ah ! morbleu !... sapreb... (*Se reprenant.*) Allons... bon... voilà que je blasphème, à présent... Mon Dieu !... ne faites pas attention. (*A Andrée qui est toute con-*

* Raoul, Andrée, Pongibaud.
* Raoul, Pongibaud, Andrée.
* Andrée, Raoul, Pongibaud.
* Andrée, Pongibaud, Raoul.
* Andrée, Pongibaud, le Duc, Raoul.

fuse.) Quand je vous disais que ça finirait par là.

RAOUL. * Et maintenant, chez la duchesse !

PICARD, *annonçant.* Monsieur le duc de Chancornac.

SCÈNE XI.

LES MÊMES, LE DUC.

LE DUC, *entrant fort agité.* ** Monsieur de Savillac... Ah ! vous n'êtes pas seul !...

RAOUL. Si monsieur le duc le désire...

LE DUC, *avec désordre.* Oui... je... Ah ! l'indigne... Oh ! mais, je vais savoir... (*Il va à la fenêtre.*)

RAOUL. *** Que me veut-il donc ? Cet air furieux !

DE PONGIBAUD. Il a peut-être su que la duchesse...

RAOUL. Vous dites ?

DE PONGIBAUD. Rassurez-vous... elle est repartie...

RAOUL. Elle est donc venue !

ANDRÉE , *bas à Pongibaud.* Chut !... maladroit !...

DE PONGIBAUD. Hein !... quoi !... il ne savait donc pas. (*A Raoul.*) Vous ne saviez pas. (*A part.*) J'ai fait une bêtise.

LE DUC, *venant à eux.* Messieurs, pardonnez... mais une affaire des plus graves... (*Reconnaissant Andrée.*) Et.. je.. ah ! mais oui. (*A Raoul.*) C'est inouï.

RAOUL. Quoi donc ?

ANDRÉE. * Monsieur le duc se souvient de m'avoir vu hier au soir... au moment de cette querelle.

LE DUC, *les yeux toujours fixés sur elle.* Oui.. oui... en effet. . mais, alors... j'avais déjà été frappé... et à présent au grand jour... c'est i-nou..... (*Aux autres.*) C'est i-nou... (*Reconnaissant Pongibaud.*) Ah !... mais vous aussi... c'est vous qui êtes intervenu...

DE PONGIBAUD. Plaît-il ?

ANDRÉE , *au Duc.* Mon gouverneur... que vous avez vu aussi le soir...

LE DUC. Oui.. mais avant.. avec l'autre... la grisette.. au bosquet du *Broc fleury.*

RAOUL, *vivement.* Au bosquet... une grisette ?.. Amande ! n'est-ce pas ?

LE DUC. Eh ! non... (*Montrant le chevalier.*) Monsieur...

RAOUL. Le chevalier... mon cousin ?

* Le Duc, Andrée, Pongibaud, Raoul,
* Pongibaud, Andrée, le Duc, Raoul.
* Pongibaud, le Duc, Andrée, Raoul.
* Pongibaud, Andrée, le Duc, Raoul.

LE DUC. Votre cousin ?

ANDRÉE. Oui, monsieur ; ça vous étonne ?

LE DUC. Et la même voix.. il me semble l'entendre encore me dire ; Vous êtes bien curieux ! (*A Andrée.*) Et vous êtes sûr de de ne pas être...

ANDRÉE. Par exemple !

LE DUC. Au fait... c'est possible ; en ce moment.. j'ai l'esprit dans un tel trouble.. que.. je... (*Avec colère.*) Et puis... que n'importe après tout... Capitaine de Savillac, pouvez-vous me donner quelques minutes ?

RAOUL. Je suis à vos ordres, M. le duc. (*Le Duc retourne à la fenêtre.*)

ANDRÉE, *qui parlait à de Pongibaud, bas.*) Et attendez au-dessous de la fenêtre de ma chambre.

ENSEMBLE.

AIR : *Trio du Pré aux clercs.*

RAOUL, DE PONGIBAUD.

Mais pourquoi donc tout ce mystère ?
Pourquoi dans son œil irrité
Vois-je ainsi briller la colère ?
Saurait-il donc la vérité ?

ANDRÉE, *qui parlait bas à Pongibaud.*

Mais pas un mot ; bientôt, j'espère,
Nous lui rendrons sa liberté ;
Oui, sauvons-la de sa colère
Et veillons à sa sûreté.

LE DUC.

De jalousie et de colère,
Oui, je sens mon cœur agité,
Mais ici bientôt, je l'espère,
Je connaîtrai la vérité.

(*Pongibaud sort par le fond. Andrée entre dans sa chambre.*)

SCÈNE XII.

RAOUL, LE DUC. *

RAOUL, *à lui-même.* La duchesse venue, repartie en mon absence... Et Ajax me le cachait ! que se passe-t-il donc ?

LE DUC, *lui frappant sur l'épaule.* Monsieur de Savillac.

RAOUL, *tressaillant effrayé.* Monsieur le Duc !

LE DUC. Je vous ai toujours tenu pour un homme d'honneur.

RAOUL, *à part.* Il sait tout... je crois déjà voir danser la Bastille. **

LE DUC, *qui va et vient dans une extrême agitation.* Je puis donc me confier à vous.

RAOUL, *surpris.* Hein !

* Le Duc, Raoul.
* Raoul, le Duc.

LE DUC. Toutefois, je vous demande le plus profond secret.

RAOUL. Je vous le jure, colonel (*A part respirant.*) Ouf! il paraît que ce n'est pas ça.

LE DUC. Oui, j'attendrai.. et si en effet c'est elle la duchesse qu'on vient de voir descendre d'un fiacre...

RAOUL. D'un fiacre?

LE DUC. * Oui, malheureusement on l'a perdue de vue au détour de cette place... Elle sera entrée dans une maison voisine, mais elle en sortira.

RAOUL, *à part.* ** Elle en est même sortie.

LE DUC. N'est-ce pas?

RAOUL. Oui, monsieur le duc.

LE DUC. Seulement, elle s'en gardera bien tant qu'elle saura ma voiture dans la cour de cet hôtel.

RAOUL. Votre voiture?

LE DUC, *avec mystère.* Montez-y et partez sur-le-champ... On me croira éloigné, tandis qu'observant tout de cette retraite... vous comprenez...

RAOUL. Parfaitement.

LE DUC. Vous, courez à mon hôtel, car... j'espère encore que c'est une erreur, une méprise. Mon ami, me tromper, moi, un colonel. un duc de Chancornac! c'est impossible! Ah! puissiez-vous y trouver la duchesse...

RAOUL. J'y cours, monsieur le duc. (*A part.*) C'est lui qui m'y envoie... avec sa voiture encore... On n'est pas plus (*riant*) Chancornac!

LE DUC. Capitaine!

RAOUL. Oui, monsieur le duc (*A part*). Est-il pressé, hein?

LE DUC. Hâtez-vous, ne ménagez pas mes chevaux.

RAOUL. Je ne ménagerai rien, colonel.

LE DUC, *lui serrant la main.* Merci, mon ami.

RAOUL. C'est moi qui vous remercie, colonel.

LE DUC, *le retenant.* Hein! de quoi?

RAOUL. De... de cette marque de confiance... A l'avantage.

SCÈNE XIII.
LES MÊMES, PICARD.

PICARD, *entrant.* Monsieur le vicomte!

RAOUL. Qu'est-ce? (*Le domestique lui montre une lettre à la dérobée*). Vous permettez, monsieur le duc?

* Raoul, le Duc.
* Le Duc, Raoul.

LE DUC. Faites, capitaine.

PICARD, *bas* C'est monsieur Barnabet qui vient de me remettre ça.

RAOUL. Le précepteur du chevalier.

PICARD. Que j'ai vu lui faire des signes de sa fenêtre.

LE DUC, *qui se promène avec impatience.* Savillac!

RAOUL. Oui, colonel. (*Il lit le billet.*) Qu'ai-je lu?

LE DUC. Quoi!

RAOUL. Rien. (*Lisant.*) « Cher cousin, je » vous avais promis une preuve de la con-» stance de votre duchesse... Que pensez-» vous de celle-ci? »

LE DUC. Savillac!

RAOUL. Oui, colonel.

LE DUC, *murmurant.* Oui, colonel... oui, colonel!...

RAOUL, *qui a développé un papier joint au billet et contenant un anneau. Et cet anneau!*

LE DUC. Capitaine!

RAOUL. Oui, colonel.

LE DUC, *bouillant d'impatience.* Ha! ha! ha! (*Il s'assied.*)

RAOUL, *reconnaissant l'anneau.* Celui que j'ai donné à la duchesse!

LE DUC, *bondissant.* La duchesse!

RAOUL. Plaît-il!

LE DUC. Vous avez dit la duchesse! J'ai parfaitement entendu... (*A Picard.*) De quoi s'agissait-il?

RAOUL, *à Picard.* Va-t'en... (*Se promenant.*) Joué... dupé...

SCÈNE XIV.
LE DUC, RAOUL.

LE DUC. Que disiez-vous de la duchesse, monsieur?

RAOUL. Rien... Ah! si... je me suis écrié: c'est comme la duchesse... car, moi aussi, colonel, on me trompe.

LE DUC. Ah! bah!

RAOUL. C'est bien cela... Voilà pourquoi il ne voulait pas aller se battre... Il savait qu'elle devait venir ici... Ils s'étaient entendus hier au soir... Je comprends tout maintenant... (*Au Duc*). Je comprends tout, colonel.

LE DUC. Vous comprenez tout?... Alors, rien ne vous retient plus; vous allez partir. (*Il va s'asseoir.*)

RAOUL, *allant à la chambre d'Andée et cherchant à ouvrir la porte.* Fermée!... Eh bien !... nous verrons ! (*Il prend un fauteuil, le place devant la porte, et s'y assied en se croisant les bras et les jambes.*) Nous verrons !

LE DUC, *se retournant et le voyant.* Hein ! (*Se leva it.*) C'est qu'il ne part pas du tout... il reste. (*Se promenant.*) Ah !

RAOUL. Me traiter comme un sot... comme un... (*Il regarde le Duc.*)

LE DUC. Hein ! (*Allant à lui.*) Mais, pour l'amour de Dieu... répondez... Que vous a-t-on fait ?

RAOUL, *exaspéré, se levant.* Ce qu'on m'a fait !... ce qu'on m'a fait !... (*Lui donnant le billet.*) Lisez ! (*Le Duc va lire. — Il lui arrache le billet.*) Non... ne lisez pas ?

LE DUC. Il devient fou !... et je sens que ça va me gagner... (*Prenant sa tête entre ses mains.*) Je sens que ça me gagne.

RAOUL. Mais je me vengerai, entendez-vous! (*Revenant en scène.*) Petit fat !

LE DUC. A qui en a-t-il donc ? (*Il va doucement à la porte de la chambre.*)

RAOUL, *à lui-même.* Et quant à la perfide, je vais aller la trouver... l'accabler !

LE DUC, *qui regardait par la serrure, poussant un grand cri.* Ah !

RAOUL, *qui sortait, s'arrêtant.* Hein ?...

LE DUC. Monsieur de Savillac !

RAOUL. J'y vais, colonel ; j'y vais.

LE DUC, *l'arrêtant.* Non pas, monsieur, non pas ! Vous savez bien que c'est inutile, que vous ne trouveriez pas la duchesse ailleurs qu'ici.

RAOUL. Ici !

LE DUC. Ici, chez vous, monsieur !

RAOUL. La duchesse !

LE DUC. La duchesse (*lui montrant la porte*) là, monsieur !

RAOUL. Là !... avec lui?

LE DUC. Qui lui ?

RAOUL, *à lui-même.* Ensemble! ensemble, là ! (*Au Duc.*) Ah !... colonel... vous ne le souffrirez pas !

LE DUC. Quoi ?... Je ne souffrirai pas quoi ? Que vous me trompiez? Non, certes ! Non !... Et la Bastille, monsieur... la Bastille !... entendez-vous ?...

RAOUL. Mais, colonel... j'ignorais, je vous jure... Je croyais madame la duchesse chez vous... J'y allais...

LE DUC. C'est juste... mais... mais alors, pourquoi est-elle chez vous ? (*Il va à la chambre.*)

RAOUL. Pourquoi, colonel ?

LE DUC. Oui !

RAOUL. Pour... (*avec force.*) je n'en sais rien, colonel.

LE DUC, *avec impatience.* Ah !... Eh bien ! je le devine, moi.

RAOUL, *voulant l'arrêter.* Colonel !

LE DUC, *cherchant à forcer la porte.* Non ! je veux l'interroger... je veux savoir... (*La porte s'ouvre; Andrée paraît sur le seuil en costume de marquise.*)

SCÈNE XV.

LES MÊMES, ANDRÉE, LA DUCHESSE.

ANDRÉE, *du ton de la scène, avec le Duc, au premier acte.* Vous êtes bien curieux ?

LE DUC, *reculant et la regardant d'un air stupéfait.* Ah !

LA DUCHESSE. Bien bruyant, surtout.

RAOUL. Que signifie ?.

LE DUC, *à Raoul.* Quand je vous disais que c'était elle...

RAOUL. Qui ?

LE DUC. Lui... non... elle... Ma grisette du Broc fleuri.

RAOUL. Mais lui... (*Il court à la chambre et y entre.*)

ANDRÉE. Oui, cherche.

LE DUC.

AIR : *Oui, je puis ici* (*Héloïse Abeilard.*)

    Ah! c'est in ui !
    Je reste ébahi !

LA DUCHESSE.

Pourquoi ce courroux !
Que me voulez-vous ?

RAOUL, *reparaissant.*

Rien que son habit.

ANDRÉE, *souriant.*

Je vous l'avais dit,
Ne défiez pas
Monsieur de Pézénas !

    (*Raoul fait un geste de colère.*)

SCENE XVI.

LES MÊMES, DE PONGIBAUD.

Suite de l'air.

DE PONGIBAUD.

Que vois-je ?

RAOUL, *courant à lui et le prenant au collet.*

    Enfin c'est vous.

DE PONGIBAUD.

    Eh ! monsieur !

RAOUL.

    Qu'il nous dise...
    (*Montrant Andrée.*)

Comment nommez-vous ?

DE PONGIBAUD.

    Qui? madame la marquise ?

RAOUL.

Une marquise !

LA DUCHESSE.

Oui, vraiment.

ANDRÉE, *à Raoul.*

Regrettez-vous, cousin, se changement ?

ENSEMBLE.

LE DUC, RAOUL.

Ah ! c'est inouï,
J'en suis étourdi !
Un tel changement,
Mais pour qui, comment ?
Quel fut leur projet,
Voyons ce secret,
Je veux le savoir
Parlez c'est un devoir.

LA DUCHESSE, ANDRÉE ET DE POUGIBAUD.

Chacun d'eux ici
Demeure ébahi !
Un tel changement
Les confond vraiment,
Le votre   }
Oui de mon   } projet
Ici l'on voudrait
Déjà tout savoir ;
Parlons ; c'est un devoir.

LA DUCHESSE , *prenant Andrée par la main**.* Monsieur le vicomte, monsieur le duc, je vous présente mon amie, la marquise Andrée de Savillac.

RAOUL. La marquise Andrée !

DE PONGIBAUD. Oui, monsieur.

RAOUL. Ma tante !

ANDRÉE. Un peu mon... mon cher neveu...

RAOUL. Vous ! cette jeune Andrée ?

LA DUCHESSE. Elle-même, monsieur, venue à Paris pour mettre un terme à vos folies (*avec intention*), à bien des folies.

DE PONGIBAUD. Et payer vos dettes, monsieur.. Plus, ce dédit de quarante mille livres (*mouvement de Raoul ; baissant la voix*), et vous sauver de la Bastille, peut-être. (*Il lui montre le Duc.*)

RAOUL, *à André.* Il se pourrait... Ah ! combien je suis reconnaissant...

LE DUC. Ah ça ! mais... et madame la duchesse. . pourquoi !...

ANDRÉ , *vivement.* Vous êtes bien... (*Se reprenant et lui faisant une gracieuse révérence.*) Ah ! pardon ! monsieur le duc... Étrangère à Paris... un ami commun m'avait adressée à madame, qui voulait bien me seconder en secret.

LE DUC. Ah ! c'était pour...

ANDRÉE. Oui, monsieur le duc... N'est ce pas, de Pongibaud ? (*Plus fort.*) Pongibaud ?

DE PONGIBAUD , *préoccupé.* Hein ! quoi ? oui... quoi ! (*A Raoul.*) Qu'est-ce que c'est ?

ANDRÉE. Et maintenant que notre tâche est remplie... retournons à Savillac.

RAOUL. Vous voudriez partir ?.

DE PONGIBAUD. Certes... et pour nous marier, monsieur.

RAOUL. Vous marier !... (*A André*). Avec lui ?

ANDRÉE Que voulez-vous, mon cousin ; on ne voit pas tous les jours des rois· (*se reprenant*) des mestres de camp épouser des filles de garde-chasses... et monsieur de baron de Pongibaud voulant bien aussi se contenter de la... paysanne que d'autres dédaignaient...

DE PONGIBAUD, *à Raoul ; appuyant.* De cette espèce de petite Bradamante... en bavolet...

RAOUL, *bas.* Taisez-vous donc !

DE PONGIBAUD, *insistant.* En gros sabots et bas bleus.

RAOUL, *vivement.* Je n'ai pas dit en gros sabots. (*A André.*) Ne croyez pas...

ANDRÉE. Pourquoi donc ! *J'en portions*, m'en cousin... (*Faisant une révérence de paysanne.*) Et des bas bleus itou !

RAOUL. Ah ! ne me rappelez pas... Laissez-moi plutôt expier ma faute en vous consacrant mes jours.

DE PONGIBAUD, *passant entre eux.* Hein ! Ah ! mais non, non... Savez-vous bien, madame, que c'est une déclaration, cela ?

ANDRÉE. Vous croyez ?

DE PONGIBAUD. Mais il a l'air de vous offrir sa main !

ANDRÉE. Eh bien !

RAOUL. Eh bien !

DE PONGIBAUD. Mais vous m'avez promis...

ANDRÉE. C'est possible... mais votre conduite depuis hier m'a ouvert les yeux, monsieur ! (*Mouvement de Pongibaud.*) Ah ! je vous connais, maintenant ! un homme qui boit, qui se grise avec des chevau-légers...

DE PONGIBAUD. Ah !... mais c'est vous-même qui...

LE DUC et RAOUL. Fi ! monsieur.

ANDRÉE. Un ex-vidame, qui courtise des colombines !

DE PONGIBAUD. Ah !... bien, c'est encore vous...

LE DUC et RAOUL. Fi ! monsieur.

ANDRÉE. Qui les embrasse et les séduit... à votre âge !

DE PONTGIBAUD. Mais, madame... mais, messieurs...·

TOUS. Fi ! monsieur, fi !...

DE PONGIBAUD *, *trépignant.* Ah! ah! ah! c'en est trop... et je me révolte, à la fin!... Oui, je jette mon bonnet pardessus les tours de Notre-Dame... Je reste à Paris... Je redîne avec des chevau-légers! je rebois du Jurançon! je rembaa se et je reséduis la colombe ne!... je l'épouse!...

RAOUL. Vous?

DE PONGIBAUD. Moi !... comme vous. (*Gaiment.*) Au fait, (*regardant la marquise*) si je l'épousais, maintenant que l'autre .. (*il regarde Raoul et se frotte le front*).

LE DUC. Ça pourrait bien arriver

DE PONGIBAUD. N'est-ce pas, de Chancornue... Au fait, il doit savoir ça, lui... (*Haut à Raoul.*) Bath! mariez-vous! Bath!... la colombine, me...

ANDRÉE. Eh donc!... Elle vous consolera.

LA DUCHESSE. Vous distraira.

LE DUC. Vous...

RAOUL. Et cœtera!...

DE PONGIBAUD. Voilà!.

CHOEUR.

AIR :

Tout sourit à $\frac{\text{mes}}{\text{leurs}}$ vœux,

Et pour $\frac{\text{moi}}{\text{eux}}$ ce mariage
Me paraît le présage
Du destin le plus heureux.

ANDRÉE, *au public.*

AIR : *Vous verrez ma tournure.*

Lorsqu'en noble marquise,
Pour vous plaire on me déguise,
La première, tout bas,
Je ris de mon embarras.
Par l'adresse, la ruse,
J'assurai notre bonheur,
Est-ce un tort? On excuse
Les torts qui viennent du cœur.
Oui pardonnez,
Et revenez ;
Que chacun de vous dise :
Bravo, bravo, la marquise.
(*S'avançant et prenant la pose de chevalier.*)
Mordioux ! n'oubliez pas
Le petit de Pézénas !

ENSEMBLE.

Que chacun de vous dise:
Bravo, bravo ! la marquise !
Et, messieurs, n'oubliez pas
Le petit de Pézénas!

FIN.

Paris. — Imprimerie de Mme veuve Dondey-Dupré, rue Saint-Louis, 46, au Marais.

LA LESCOMBAT, drame en 5 actes.

MARGOT, vaud. 1 acte.

MARINO FALIERO, tragédie en 5 actes, par Casimir Delavigne.

MARIE, comédie en 5 actes, par Mme Ancelot.

LE MARI DE LA VEUVE, comédie en 1 acte, par Alex. Dumas.

MARGUERITE D'YORK, drame en 5 actes.

MARGUERITE DE QUÉLUS, idem.

MARGUERITE, vaud. en 3 actes, par Mme Ancelot.

MATHIAS L'INVALIDE, comédie-vaudev. 2 actes.

MADAME ET MONSIEUR PINCHON, vaud. 1 acte.

MARCEL, drame en 5 actes.

LA MAITRESSE DE LANGUES, vaudeville en 1 acte.

LA MARQUISE DE SENNETERRE, comédie 3 actes.

MATHILDE, ou la Jalousie, comédie-vaud. 2 actes.

MONSIEUR ET MADAME GALOCHARD, v. 1 acte.

MURAT, drame en 5 actes et 16 tableaux.

LE MARI DE LA DAME DE CHOEURS, vaud. 2 actes.

LA MARQUISE DE PRÉTINTAILLE, vaud. 1 acte.

MADELEINE, dr. 5 actes, A. Bourgeois et Albert.

LE MANOIR DE MONTLOUVIERS, drame 5 actes.

LA MAIN DROITE ET LA MAIN GAUCHE, drame en 5 actes, par Léon Gozlan.

MONCK, ou le Sauveur de l'Angleterre, 5 actes.

LA MISÈRE, drame en 5 actes.

MAURICE ET MADELEINE, c.-v. en 3 actes.

LE MOULIN DES TILLEULS, op.-com. en 1 acte.

MADEMOISELLE DE LA FAILLE, drame en 5 actes.

MAITRE D'ÉCOLE (le), comédie-vaudeville 2 a.

MÉMOIRES DU DIABLE (les), c. v. en 5 actes.

LE MARCHÉ DE SAINT-PIERRE, idem.

MARGUERITE FORTIER, idem.

LES MILLE ET UNE NUITS, féerie 3 actes et 16 tab.

MEUNIÈRE DE MARLY (la), c.-v., en 1 acte.

MONSIEUR LAFLEUR, vaudeville.

LE NAUFRAGE DE LA MÉDUSE, drame en 5 actes.

NAPOLÉON BONAPARTE, drame en 6 actes, par Alex. Dumas.

LA NONNE SANGLANTE, drame en 5 actes.

L'OFFICIER BLEU, drame en 5 actes.

LES ORPHELINS D'ANVERS, idem.

L'OUVRIER, drame en 5 actes, par Fréd. Soulié.

LE PAYSAN DES ALPES, drame en 5 actes.

PAUL JONES, drame en 5 actes, par Alex. Dumas.

PAUVRE MÈRE, dr. 5 actes, F. Cornu, Auger.

PÈRE TURLUTUTU (le).

1res ARMES DE RICHELIEU (les), c.-v. en 3 actes.

LE PROSCRIT, drame en 5 a., par Fréd. Soulié.

PAUL ET VIRGINIE, drame en 5 actes.

PARIS LA NUIT, idem.

PAMÉLA GIRAUD, drame en 5 actes, par Balzac.

PAUVRE FILLE, idem.

PARIS LE BOHÉMIEN, idem.

PASCAL ET CHAMBORD, com.-vaud. en 2 actes.

LA PLAINE DE GRENELLE, drame en 5 actes.

LA PENSIONNAIRE MARIÉE, v. 2 actes, par Scribe.

LE PERRUQUIER DE L'EMPEREUR, drame en 5 act.

PIERRE LEROUGE, com.-vaud. en 2 actes.

LES PILULES DU DIABLE, féerie en 18 tableaux.

LES PETITES MISÈRES DE LA VIE HUMAINE, vaudeville en 1 acte.

LE PRINCE EUGÈNE ET L'IMPÉRATRICE JOSÉPHINE, drame en 10 tableaux.

LES PRUSSIENS EN LORRAINE, drame en 5 act.

LE PETIT TONDU, drame militaire en 5 actes et 10 tableaux.

PRUNEAU DE TOURS, vaudeville en 1 acte.

LE PIED DE MOUTON, féerie.

PAULINE, drame en 5 actes.

LES QUATRE COINS DE PARIS, vaud. en 4 actes.

86 MOINS UN.

QUI SE RESSEMBLE SE GÊNE, vaudev. en 1 acte.

QUAND L'AMOUR S'EN VA, vaudev. en 1 acte.

RENAUDIN DE CAEN, comédie en 2 actes.

RICHE ET PAUVRE, drame en 5 actes, par Emile Souvestre.

RITA L'ESPAGNOLE, drame 5 actes.

ROMÉO ET JULIETTE, par Frédéric Soulié.

LES RUBANS D'IVONNE, comédie en 1 acte.

LE SAC A MALICES, féerie en 1 acte.

LA SALPÊTRIÈRE, drame en 5 actes.

SERVANTE DU CURÉ (la).

STELLA, ou la Forteresse du Mont des Géants, drame en 5 actes.

SANS NOM, folie-vaudeville en 1 acte.

LES SEPT CHATEAUX DU DIABLE, féerie en 5 act.

LA SOEUR DU MULETIER, drame en 5 actes, par Bouchardy.

LES SEPT ENFANTS DE LARA, drame en 5 actes.

LA SONNETTE DE NUIT, folie-vaudev. en 1 acte.

STÉPHEN, drame en 5 actes.

LA TACHE DE SANG, drame en 3 actes.

LA TRAITE DES NOIRS, drame en actes.

LE TREMBLEMENT DE TERRE DE LA MARTINIQUE, drame en 5 actes.

LA TIMÉLIRE, vaudeville en 1 acte.

THOMAS MAUREVEL, idem.

LES TROIS ÉPICIERS, vaudeville en 3 actes.

UN MARIAGE SOUS LOUIS XV, comédie en 3 actes, par Alex. Dumas.

UN CHANGEMENT DE MAIN, comédie en 2 actes.

UNE PASSION, vaudeville en 1 acte.

URBAIN GRANDIER, drame en 5 actes, par MM. Alex. Dumas et Aug. Maquet.

UNE MAUVAISE NUIT EST BIENTOT PASSÉE, comédie-proverbe.

VAUTRIN, drame en 5 actes, par Balzac.

LA VÉNITIENNE, drame 5 actes, A. Bourgeois.

LA VOISIN, drame en 3 actes.

— 4 —

CHEFS-D'ŒUVRE DU THÉATRE FRANÇAIS, A 40 CENTIMES.

ATHALIE, tragédie en 5 actes.
ANDROMAQUE, tragédie en 5 actes.
L'AVARE, comédie en 5 actes.
LE BARBIER DE SÉVILLE, comédie en 4 actes.
BRITANNICUS, tragédie en 5 actes.
CINNA, tragédie en 5 actes.
LE CID, tragédie en 5 actes.
LE DÉPIT AMOUREUX, comédie en 2 actes.
L'ÉCOLE DES FEMMES, comédie en 5 actes.
LES FOLIES AMOUREUSES, comédie en 3 actes.
HAMLET, tragédie en 5 actes.
LES HORACES, tragédie en 5 actes.
IPHIGÉNIE EN AULIDE, tragédie en 5 actes.

LE MARIAGE DE FIGARO, comédie en 5 actes.
MAHOMET, tragédie en 5 actes.
LA MORT DE CÉSAR, tragédie en 5 actes.
LE MISANTHROPE, comédie en 5 actes.
LA MÈRE COUPABLE, comédie en 3 actes.
MÉROPE, tragédie en 5 actes.
LA MÉTROMANIE, comédie en 5 actes.
LE MALADE IMAGINAIRE, comédie en 3 actes.
OTHELLO, tragédie en 5 actes.
PHÈDRE, tragédie en 5 actes.
POLYEUCTE, tragédie en 5 actes.
LE TARTUFE, comédie en 5 actes.
ZAIRE, tragédie en 5 actes.

PIÈCES A 60 CENTIMES.

PAILLASSE, drame en 5 actes, de MM. Dennery et Marc Fournier. 60 cent.
JENNY L'OUVRIÈRE, drame en 5 actes, de MM. Decourcelle et J. Barbier. 60 cent.
LA FILLE DU RÉGIMENT, opéra-comique en 2 actes, de MM. Bayard et de St-Georges. 60 cent.

PIÈCES DIVERSES.

CLAUDIE, drame en 3 actes, par GEORGES SAND, 1 fr. 50. c.
FRANÇOIS LE CHAMPI, comédie en 3 actes, en prose, par Mme GEORGES SAND. Prix, 1 fr. 50 c.
HORACE ET LYDIE, comédie de PONSARD, jouée par Mlle Rachel. Prix, 1 fr. 50.
LE JOUEUR DE FLUTE, comédie en un acte, par M. E. Augier. Prix: 1 fr. 50 cent.

PIÈCES A 25 CENTIMES.

AH! QUE LES PLAISIRS SONT DOUX! vaudeville.

L'AUBERGE DE SCHWASBACH, pièce en 1 acte, par M. Alex. Dumas.

UNE BONNE FILLE, comédie-vaudeville en 1 acte.

CAMILLE DESMOULINS, monologue dramatique.

CHATTERTON MOURANT, monologue.

LES CHERCHEUSES D'OR, Folie-Vaudeville.

LA CHUTE DES FEUILLES, proverbe en 1 acte. Eugène Nus.

LE CONGRÈS DE LA PAIX, vaudeville en 1 acte.

LA CUISINIÈRE BOURGEOISE, vaud. en 2 actes.

LA DERNIÈRE NUIT D'ANDRÉ CHÉNIER, monologue en un acte.

JEANNE D'ARC EN PRISON, monologue.

LA LANTERNE DE DIOGÈNE, monologue.

LA MORT DE GILBERT, monologue en vers.

LE ROSSIGNOL DES SALONS, vaudeville en 1 acte.

LE TREMBLEUR, comédie-vaudeville en 2 actes.

LA VIE DE NAPOLÉON, récit en un acte.

UNE VISION DU TASSE, monologue en 1 a. en vers.

Paris : Imprimerie de Mme Vve Dondey-Dupré, rue Saint-Louis, au Marais, 46.

www.ingramcontent.com/pod-product-compliance
Lightning Source LLC
Chambersburg PA
CBHW061633180626
46818CB00005B/2365